05
허밍버드
클래식

안데르센 동화집

허밍버드 클래식 05

안데르센 동화집
The Fairy Tales of Hans Christian Andersen

2015년 11월 10일 초판 01쇄 발행
2021년 04월 26일 초판 06쇄 발행

지은이 한스 크리스티안 안데르센   옮긴이 배수아
삽화 에드먼드 뒤락, 아서 래컴, 빌헬름 페데르센, 카이 닐센, 해리 클라크

발행인 이규상
편집인 임현숙

펴낸곳 (주)백도씨
출판등록 제2012-000170호(2007년 6월 22일)
주소 03044 서울시 종로구 효자로7길 23, 3층(통의동 7-33)
전화 02 3443 0311(편집) 02 3012 0117(마케팅)   팩스 02 3012 3010
이메일 book@100doci.com(편집·원고 투고) valva@100doci.com(유통·사업 제휴)
블로그 http://blog.naver.com/h_bird   인스타그램 @100doci

ISBN   978-89-6833-070-4 04850
       978-89-94030-97-5 (세트)

이 도서의 국립중앙도서관 출판예정도서목록(CIP)은 서지정보유통지원시스템 홈페이지(http://seoji.nl.go.kr)와
국가자료공동목록시스템(http://www.nl.go.kr/kolisnet)에서 이용하실 수 있습니다.
(CIP제어번호: CIP2015029754)

THE FAIRY TALES OF
HANS CHRISTIAN ANDERSEN

BY HANS CHRISTIAN ANDERSEN

안데르센 동화집

배수아 옮김

허밍버드
Hummingbird

지은이 **한스 크리스티안 안데르센** *Hans Christian Andersen*

덴마크의 동화 작가, 문학자. 1805년 덴마크 코펜하겐 근처 오덴센에서 가난한 구두장이의 아들로 태어났다. 아버지는 문학을 좋아하여 어린 아들에게 《아라비안나이트》 등의 이야기를 들려주었으며, 어머니는 루터교 신앙을 교육하였다.

1819년 배우의 꿈을 품고 코펜하겐으로 간 안데르센은 당시 정계의 실력자이자 예술 애호가인 요나스 콜린의 눈에 들어 그의 원조로 1828년 대학에 입학, 재학 중 시를 쓰기 시작했다. 독일, 프랑스, 이탈리아를 여행한 뒤 이 경험을 토대로 1835년 발표한 첫 소설 《즉흥시인》이 격찬을 받으며 유럽에서 명성을 떨쳤다.

이후 본격적으로 동화를 창작하기 시작, 〈미운 오리 새끼〉, 〈벌거숭이 임금님〉 등 200여 편의 작품을 집필했다. "내가 살아온 인생사가 바로 내 작품에 대한 최상의 주석이 될 것이다."라는 안데르센의 말처럼, 불우한 어린 시절의 상처와 고통이 녹아 있고 휴머니즘이 짙은 그의 작품은 연령대를 초월해 큰 인기를 누렸다. 1846년 덴마크 국민으로서 최고의 영예인 단네브로 훈장을 받기도 했다.

안데르센은 평생을 독신으로 살다가 1875년 세상을 떠났다. 장례식에는 덴마크 국왕과 황태자를 비롯한 수백 명이 찾아와 그의 죽음을 애도했다.

옮긴이 **배수아**

1965년 서울 출생. 소설가, 번역가.

삽화 에드먼드 뒤락 *Edmund Dulac*

프랑스 태생의 영국 삽화가. 1882년 툴루즈에서 태어났다. 런던에서 브론테 자매의 소설 전집을 위한 60편의 수채화를 의뢰받은 것을 계기로 삽화를 그리기 시작했다. 《아라비안나이트》, 《잠자는 숲 속의 미녀》를 비롯해 수많은 옛이야기에 그림을 그렸다. 1953년 런던에서 심장마비로 세상을 떠났다.

삽화 아서 래컴 *Arthur Rackham*

영국의 삽화가. 1867년 런던에서 태어났다. 영국 그림책의 황금기를 이끈 삽화가 중 한 명으로 꼽힌다. 1914년 루브르박물관에 작품이 전시되기도 했다. 《크리스마스캐럴》, 《이상한 나라의 앨리스》 등 수많은 작품에 그림을 남겼다. 1939년 영국 자택에서 암으로 세상을 떠났다.

삽화 빌헬름 페데르센 *Vilhelm Pedersen*

덴마크의 화가. 1820년에 태어났다. 1849년 안데르센 동화에 처음으로 100점이 넘는 삽화를 그렸다. 안데르센은 그를 '천재 화가'라고 격찬했다. 1859년 39세의 이른 나이에 세상을 떠났다.

삽화 카이 닐센 *Kay Nielsen*

덴마크의 삽화가, 무대미술가. 1886년 코펜하겐에서 태어났다. 《그림 형제 동화집》 등의 삽화를 그렸으며, 〈판타지아〉의 디자인에 참여하는 등 디즈니 사와의 컬래버레이션으로도 잘 알려져 있다. 1957년 미국에서 세상을 떠났다

삽화 해리 클라크 *Harry Clarke*

아일랜드의 스테인드글라스 아티스트, 삽화가. 1889년 더블린에서 태어났다. 스테인드글라스 모양을 응용한 정교한 삽화로 많은 사랑을 받았다. 에드거 앨런 포 작품 등에 삽화를 그렸다. 1931년 스위스 쿠어에서 세상을 떠났다.

   나는 처음으로 "라플란드(Lapland)"라는 단어를 책에서 읽었던 날을 잊지 못한다. 나는 아이였고, 생은 날마다 화창한 봄이었다. 상상을 넘어서는 혹독한 얼음의 왕국으로 가 버린 카이를 찾아 헤매던 게르다가 어느 날 도달한 나라, 라플란드. 카이와 게르다라는 신기한 이름 외에도 눈과 얼음으로 뒤덮인 북극이란 땅, 장미를 보며 노래하는 아이들, 한 번도 눈으로 보지 못한, 그리고 아마도 일생 동안 볼 수 없을 오로라, 또 악마의 거울까지 모든 것이 신기하고 놀라웠지만 그중에서도 가장 나를 매혹시켰던 것은, 이유는 명확히 알 수 없지만 '라플란드'라는 지명 그 자체였다.

나는 당장 지도를 펼치고 라플란드라는 낯선 나라를 찾아보려고 했다. 아마도 북쪽에, 눈과 얼음으로 뒤덮여 있을 나라. 그러나 찾을 수 없었다. 라플란드는 공식 국명이 아니라 스칸디나비아반도 북쪽을 따라 이어지면서 스웨덴, 노르웨이, 핀란드, 그리고 러시아의 콜라반도에까지 걸쳐 있는 타이가(Taiga) 지역이며, 그곳의 원주민인 사미족(이들은 라프족이라고도 불렸으며 지명인 라플란드는 그 이름에서 유래했다)이 고유의 문화와 언어를 유지해 온 문화인류학적 지명이므로 지도에는 나와 있지 않은 나라라는 사실을, 당시의 나는 알지 못했다. 하지만 지도에 나와 있지 않았기 때문에, 그 단어 라플란드는, 안데르센의 동화 〈눈의 여왕〉과 함께 아주 오랫동안 내 기억에서 생생하게 살아 있었다. 그리고 내가 나의 "라플란드"를 다시 만난 것은, 세월이 많이 흐른 다음 한 스웨덴 추리소설 속에서였다. 그때까지 라플란드는 나에게 참으로 멀고 먼 땅, 거의 존재하지 않는 땅, 혹은 존재한다 할지라도, 오로라와 마찬가지로, 아마도 내가 일생 동안 만날 일이 없을 그런 이름으로 남아 있었다.

'안데르센'은 내 어린 시절의 완성이었다. 나는 완성이란 가시적이고 구체적인 영역을 모두 채우고 자연스럽게 그 이상의 머나먼 별로 훌쩍 넘어가는 어떤 성분이 있을 때 가능하다고 생각한다. 인간의 어떤 특정한 시기에만 반짝이며 타오르는 상상력, 현실과 비현실의 경계를 무너뜨리는 몽롱함의 능력이 안데르센을 통해서 완성되었다고 말할 수 있다.

지금도 생생한 기억은, 햇빛이 하얗게 번득이던 한여름 뜨거운 강가 유원지, 흰 천막을 펼쳐 놓은 공공 도서관에서, 검은색 두툼한 양장 커버에 금박 글자로 제목이 박힌 《안데르센 동화집》을 읽고 있는 어린 내 모습이다. 동화 속에는 북구의 제왕 같은 기나긴 겨울이, 아름답고 향긋한 이끼 냄새가 나는 짧은 봄이, 눈부신 장미가 피어나는 믿을 수 없는 여름이, 그리고 다시 음울하고 기나긴 밤 같은 겨울이 펼쳐지고 있었다. 나는 내가 할아버지의 손을 잡고 유원지로 놀러 왔다는 사실을 잊었고, 할아버지가 참외를 사서 내 손에 쥐여 주려 한다는 사실을 잊었고, 근처 공터의 서커스 천막에서 광대들이 피리를 불며 사람들을 모으고 있다는 사실을 잊었고, 내가 무더운 8월의 한가운데에 있다는 사실을 잊었고, 강물에서 다른 아이들이 물장구를 치고 논다는 사실을 잊었고, 그리고 마침내는 내가 라플란드에 살지 않는다는 사실을 잊었다. 나는 황홀했고, 나는 사로잡혔다. 나는 나를 잊었다. 황홀하다는 느낌, 사로잡히고, 나를 잊는다는 느낌이 최초로 내 온몸을 관통했던 아홉 살의 그날. 아마도 그때 내 어린 시절의 한 페이지가 완성된 것이리라.

배수아

CONTENTS

Anden historie. En lille dreng og en lille pige.

I den store by, hvor der er så mange huse og mennesker,
saaledes noak til, at alle folk kan få en lille have, og ......
s'å lade sig nøie med blomster i urtepotter, der var dog ......
en havde en have noget større end en urtepotte. De var ikke b......
e, men de holdt lige så meget af hinanden, som om de var det, for......
boede lige op til hverandre; de boede på to tagkamre, der, hvor......
a det ene nabohus stødte op til det andet, og vandrenden gik langs......
skæggene, der vendte fra hvert hus et lille vindue ud; man behø......
at skræve over renden, så kunne man komme fra det ene vindue......
.....der.

1

눈의 여왕

Snedronningen

　이제 이야기를 시작하려고 한다. 이 이야기가 끝날 즈음이면 우리는 지금보다 더욱 많은 사실을 알게 될 것이다. 이야기는 어떤 악마로부터 시작된다. 그는 그냥 악마가 아니라, 세상에 존재하는 가장 사악한 악마 중의 하나였다. 어느 날 악마는 아주 기분이 좋았다. 거울을 하나 만들었는데, 어떤 아름답고 선한 것이라도 그 거울에 비추면 사정없이 왜곡되어서 거의 무의미하게 보이고 말았기 때문이다. 물론 아무짝에도 쓸모없고 흉한 것들은 더더욱 괴상하고 더더욱 흉하게 보였다. 황홀하고 아름다운 풍경을 거울에 비추면 푹 삶은 시금치처럼 처참해 보였고, 더없이 착하고 정직한 인간들도 거울 속에서는 괴물의 형상이 되어 버렸다. 머리통을 땅에 대고 거꾸로 서 있는가 하면, 몸통은 사라져 버리고 얼굴이 완전히

일그러져서 누구인지 전혀 알아볼
수도 없었다. 작은 주근깨가 하나
라도 있으면 거울은 그것을 얼굴
전체를 뒤덮을 만큼 커다랗게 확
대해 버렸다.

그러니 악마는 자신이 만든 거
울이 재미있어 죽을 지경이었다.
또한 아무리 선량하고 신성한 생
각을 하고 있어도 거울 속 얼굴
은 징그러운 웃음을 날리는 표정이 되어 버렸다. 악마는 자신의 발
명품이 대견해서 웃음을 멈출 수 없었다. 그는 악마 학교를 운영하
고 있었는데, 그 학교에 다니는 학생들 모두가 이 기적 같은 이야기
를 여기저기 퍼트리고 다녔다. 이제야 비로소 이 세계와 인간의 참
모습을 보게 되었다고 그들은 떠들었다. 악마들은 거울을 갖고 온
세상을 마구 돌아다녔다. 그 거울 속에서 모양이 일그러지지 않은
나라나 인간은 하나도 없는 지경에 이르렀다. 그러자 이제 악마들
은 하늘로 올라가서 천사들과 신의 모습까지도 거울로 비추어 보
고 싶어 했다. 흉측해진 모습을 마음껏 비웃고 싶었던 것이다. 악마
들은 회심의 미소를 띠고 하늘로 향했다. 그런데 위로 올라갈수록
거울이 괴상하게 웃는 바람에 거울을 손으로 붙잡고 있기가 힘이

들 정도였다. 그러다 악마들이 더욱 높이, 천사들과 신에게 거의 다다를 정도로 가까이 날아간 어느 순간, 거울이 너무도 격렬하게 웃어 대는 바람에 거울은 악마의 손에서 미끄러졌고 땅에 떨어져 산산조각이 나고 말았다. 수백 수천 개의 조각으로 쪼개지고, 그보다 훨씬 더 많은 티끌과 파편이 되어 날아갔다.

이제 거울의 재앙은 예전과는 비교할 수 없이 커졌다. 모래 알갱이보다 작은 거울 조각들이 전 세계로 퍼져 사람들의 눈 속으로 들어가 자리 잡았기 때문이다. 거울 조각이 눈에 박힌 사람들은 모든 사물을 삐뚤어진 모습으로 보거나 혹은 사물의 나쁜 면만을 보았다. 아무리 작은 부스러기라도 거울이 갖고 있던 원래의 사악한 힘은 그대로 들어 있었기 때문이다. 어떤 사람은 모래알 같은 파편이 아니라 커다란 거울 조각이 심장에 박히기도 했다. 그러면 그 사람의 심장 전체가 차가운 얼음덩이로 변해 버렸다. 또한 몇몇 거울 조각은 아주 커서 유리창처럼 사용되기도 했다. 이런 유리창을 통해서 친구를 바라보면 어떤 결과가 발생할지 상상하기도 끔찍하다. 어떤 조각들은 안경알로 사용되었다. 똑바로 잘 보기 위해서, 올바른 시각을 갖기 위해서 사람들은 이 안경을 썼지만 반대로 해악이 더욱 확대될 뿐이었다. 이런 소동을 지켜보면서 악마는 배꼽이 빠져라 웃어 댔다. 아직도 바깥세상에는 보이지 않는 작은 거울 파편들이 먼지처럼 떠다니고 있다. 이제 그 이야기를 한번 들어 보도록 하자.

집들이 가득하고 사람들이 많이 사는 대도시는 공간이 좁아서 모두가 정원을 가질 수는 없다. 아주 작은 정원조차도 꾸밀 수 없는 이들이 많다. 그들은 화분에 꽃나무를 심어서 키우는 것으로 만족해야만 한다. 그런 대도시에 한 소년과 소녀가 살았다. 두 아이들의 집은 모두 가난하여, 비록 정원이라고 불리는 것이 있기는 했으나 크기가 화분 하나보다 많이 크지는 않았다. 두 아이는 오누이가 아니었지만 오누이보다도 더 사이가 좋았다. 아이들의 부모는 이웃간이었다. 그들은 나란히 서 있는 두 집의 다락방에서 각각 살았는데, 한 집의 지붕과 다른 집의 지붕이 맞닿은 공간에는 빗물받이 홈통이 설치되어 있었다. 각자의 집 창문이 그곳을 향해 서로 마주 보고 나 있었으므로, 어느 쪽이든 창문을 열고 나와 홈통을 건너면 다른 창을 통해 상대편의 집으로 쉽게 넘어갈 수 있었다.

　　두 가족은 모두 창문 바깥에 커다란 나무 상자를 내놓고 거기에
자신들이 먹을 약간의 채소와 작은 장미 나무 한 그루씩을 길렀다.
장미는 그야말로 쑥쑥 자라났다. 어느 날 두 집 부모들은 상자를 홈
통 위에 올려 장미가 상대편 집을 향해 자라도록 했다. 그러면 양쪽
집 창문으로 팔을 뻗으며 자라나는 덩굴 덕분에 자연스럽게 두 개
의 아치형 장미 울타리가 생기리라고 예상했기 때문이다. 완두콩
덩굴은 상자 가장자리를 넘어 아래쪽으로 늘어졌고 장미 나무는
나날이 키가 크면서 가지가 맞은편 집의 창문을 향해 기울어졌다.

그 모습은 마치 초록 이파리
와 꽃송이로 이루어진 개선
문 같았다. 상자는 높이가 매
우 높았으므로 아이들은 그
위로 올라가서는 안 되었다.
하지만 창밖으로 나가 장미
덩굴 아래에서 등받이 없는
의자에 앉아 노는 것은 괜
찮았다. 아이들은 그곳에서
참으로 즐거운 시간을 함께
보내곤 했다.

그러나 겨울이면 거의 매일 창문이 꽁꽁 얼어붙어 버리는 바람에 그런 즐거움은 기대할 수 없었다. 대신 아이들은 다른 놀이를 생각해 냈다. 구리 동전을 난로 위에서 뜨겁게 달군 다음에 그것을 얼어붙은 유리창에 갖다 댔다. 그러면 놀랍게도 멋진 구멍이 생겨났다. 동그랗고 동그란 구멍이었다. 각자의 창문에 생긴 구멍을 통해서 사랑스럽고 밝은 두 눈동자가 서로를 바라보았다. 한쪽 창문에서는 소년의 눈동자가, 그리고 다른 창에서는 소녀의 눈동자가. 소년의 이름은 카이였고 소녀의 이름은 게르다였다. 여름이라면 창을 나와 홈통을 넘기만 하면 한 걸음에 서로의 집으로 갈 수 있었다. 하지만 겨울에는 우선 긴 계단을 내려가 문을 열고 나간 다음 상대편 집으로 들어가 다시 계단을 한참 올라가야 하는 것이다. 게다가 집 바깥에는 눈보라가 휘몰아치기 일쑤이다.

어느 날 할머니가 눈보라를 보면서 말했다.

"밖에서 윙윙거리는 저 하얀 벌 떼 좀 보렴."

"하얀 벌 떼에게도 여왕벌이 있나요?"

소년이 물었다. 진짜 벌에게 여왕벌이 있다는 것쯤은 소년도 알고 있었다.

할머니가 대답했다.

"그럼 있고말고! 여왕벌은 항상 벌들이 제일 많은 곳에서 날아다니지. 벌 중에서 몸집도 가장 크단다. 여왕벌은 땅에 가만히 있는 법이 없어. 늘 검은 구름 속으로 날아오르곤 해. 또 겨울밤이면 도시의 거리를 날아다니면서 집집마다 창문을 들여다본단다. 그러면 창문은 기이하게도 꽁꽁 얼어붙고 꽃 같은 얼음으로 뒤덮이게 되는 거야."

"아, 저도 그런 것 본 적이 있어요!"

두 아이가 입을 모아서 대답했다. 아이들은 할머니의 말이 사실이라고 믿었다.

이번에는 소녀가 물었다.

"그러면 눈의 여왕이 창문 안으로 들어올 수도 있나요?"

소년이 자신만만하게 말했다.

"들어오기만 해 보라지. 내가 얼른 집어서 난로 위에 올려 버릴 거야. 그러면 흔적도 없이 녹고 말걸!"

하지만 할머니는 소년의 머리를 쓰다듬으면서 다른 이야기를 시작했다.

그날 저녁, 집에 돌아온 카이는 옷을 벗다 말고 창가 쪽 의자 위에 올라가서 동전으로 만든 동그란 구멍으로 밖을 내다보았다. 눈이 내리고 있었다. 그중 가장 커다란 눈송이 하나가 꽃을 심어 놓은 나무 상자 가장자리에 내려앉았다. 눈송이는 카이의 눈앞에서 점점 커다래지더니 마침내 곱고 하얀 옷을 입은 여자로 변했다. 별처럼 반짝이는 수백만 개의 눈송이로 만들어진 여자는 몹시 아름다웠지만 몸 전체가 투명하고 싸늘한 얼음의 결정체였다. 그래도 살아 있는 여자였다. 찬란한 별처럼 환하게 빛나는 두 눈동자가 카이를 빤히 바라보았다. 하지만 그것은 고요도 평온도 아닌 다른 종류의 빛이었다. 여자는 카이의 창문을 향해서 고개를 끄덕이며 손짓을 했다. 소년은 놀라서 그만 의자에서 뛰어내리고 말았다. 바로 그 순간, 창밖으로 거대한 흰 새가 날아가는 것을 본 것만 같았다.

다음 날 흰 서리가 내렸다. 그리고 얼마 뒤에 눈이 녹고 봄이 왔다. 햇빛이 대지를 비추었고 흙 속에서 새싹이 움텄다. 남쪽에서 돌아온 제비들이 처마에 둥지를 틀었고 집집마다 창문을 활짝 열었다. 소년과 소녀는 다시 지붕 위 장미 덩굴 아래의 작은 정원에서 함께 놀았다.

그해 여름, 장미꽃은 그 어느 때보다도 새빨갛게 활짝 피어났다. 게르다는 가사에 장미가 나오는 찬송가를 알고 있었다. 그 노래를 부를 때마다 게르다는 자신의 장미꽃을 생각했다. 게르다는 카이에게 그 노래를 불러 주었고 카이도 따라서 불렀다.

계곡에 장미가 아름답게 피었네
이제 우리 아기 예수를 보러 가리

소년과 소녀는 손을 마주 잡고 장미꽃에 입을 맞추었다. 그리고 눈부시게 빛나는 태양을 올려다보며 마치 그것이 아기 예수인 양 말을 걸었다. 찬란한 여름날이었다. 햇살 따스한 한낮, 영원한 아름다움을 자랑하는 장미 나무 아래에 앉아 있으니 얼마나 행복한가!

그날도 카이와 게르다는 나란히 앉아 새들과 동물들이 나오는 그림책을 보고 있었다. 바로 그때 그 일이 일어났다. 커다란 교회 탑에서 종소리가 다섯 번 들려온 순간, 카이가 비명을 질렀다.

"아야, 지금 뭔가가 내 가슴을 찔렀어! 앗, 눈에도 뭐가 들어간 것 같아!"

소녀는 깜짝 놀라서 두 팔로 소년의 목을 안고 그의 눈을 들여다보았다. 아무것도 보이지 않았다. 소년은 눈을 깜빡거리더니 다시 말했다.

"이제 없어진 것 같아."

하지만 없어진 것이 아니었다. 그것은 바로 앞서 말한 악마의 거울 파편이었다. 선하고 훌륭한 모든 것들을 하찮고 흉측하게 만들어 버리고 악하고 보기 싫은 것들은 더욱 두드러지게 하며, 사소한 실수는 커다랗게 확대해 버리는 사악한 거울 말이다. 그 거울 조각이 가엾은 카이의 심장 한가운데에 박혀 버린 것이다. 이제 곧 카이의 심장은 차가운 얼음덩이로 변할 것이다. 더 이상 아프지는 않겠지만, 그래도 얼음은 단단히 가슴에 자리 잡게 될 것이다.

카이가 퉁명스럽게 말했다.

"그런데 넌 왜 우는 거야? 우는 건 딱 질색이야. 울면 네 얼굴이 얼마나 보기 싫은지나 알아? 이제 괜찮다고 했잖아! 쳇!"

그러더니 카이는 갑자기 신경질적으로 외쳤다.

"저기 장미는 벌레 먹었네! 그리고 여기 좀 봐, 이 장미는 완전히 삐뚤어졌어! 어쩌면 이렇게 보기 싫게 피었는지! 장미꽃이나 나무 상자나 참 더럽게도 재수 없게 생겼다!"

카이는 발로 상자를 마구 차면서 보기 싫다던 장미 두 송이를 확 비틀어 꺾어 버렸다.

"카이, 너 왜 그래?"

놀란 게르다가 외쳤다. 하지만 카이는 충격 받은 게르다의 표정을 보더니 재미를 느낀 듯 일부러 장미 한 송이를 더 꺾고는, 게르다를 혼자 남겨 둔 채 말도 없이 자신의 집 창문으로 날름 들어가 버렸다.

그뿐이 아니었다. 그날 이후 게르다가 그림책을 갖고 카이를 찾아가면 그런 건 갓난아기들이나 보는 거라고 빈정거렸고, 할머니가 옛날이야기를 들려줄 때면 수시로 삐딱하게 말꼬리를 잡고 늘어졌다. 또한 기회만 있으면 할머니 뒤를 따라다니면서 할머니의 안경을 걸치고 말투를 흉내 내었다. 카이가 하도 비슷하게 흉내를 내므로 사람들은 그걸 보고 웃음을 터트렸다. 얼마 지나지 않아 카이는 길에서 마주치는 모든 사람들을 흉내 내고 다녔다. 사람들의 말투와 걸음걸이에서 우스꽝스럽거나 유난히 흉한 특징을 귀신같이 잡아내고는 과장해서 흉내를 냈다. 그러면 사람들은 모두 이렇게 칭찬하곤 했다.

"아주 머리가 좋은 아이로구나!"

하지만 카이의 그런 행동은 모두 눈과 심장에 박힌 거울 조각 때문이었다. 그래서 카이는 자신을 지극히 사랑하는 게르다까지도 아무렇지 않게 놀려 대곤 했다.

이제 카이는 예전과 아주 다른 방식의 놀이를 즐겼다. 머리를 쓰는 놀이를 좋아하게 된 것이다. 눈발이 휘날리는 겨울날, 카이는 확대경을 갖고 나와 푸른 외투 자락을 들고 그 위에 눈송이를 받았다.

"게르다, 이 확대경을 한번 들여다봐!"

카이가 말했다. 확대경 속에서 눈송이는 실제보다 훨씬 더 커 보였고 화려한 꽃송이나 모서리가 많은 별과 같은 모양이었다. 정말로 아름다웠다.

"어때, 정말 멋지지? 진짜 꽃보다 훨씬 더 근사해! 게다가 이건 정확한 대칭을 이루면서 단 하나의 오류도 허용하지 않는 완벽한 형체야. 물론 녹지만 않는다면 말이야!"

잠시 후 카이는 커다란 장갑을 끼고 등에는 썰매를 멘 모습으로 나타났다.

"나 광장에 간다! 거기서 다른 애들과 놀 거야!"

그렇게 게르다의 귀에 대고 소리치고는 가 버렸다.

광장에 모여든 개구쟁이 중에서도 유독 대담한 소년들이 농부들의 마차에 자신의 썰매를 묶고 매달려 가는 놀이를 즐기곤 했다. 그러면 꽤 빠른 속도로 한참을 신나게 달릴 수가 있었다. 소년들이 정신없이 놀고 있을 때 어디선가 처음 보는 커다란 썰매가 나타났다. 썰매는 온통 흰색이었고 그 안에는 털이 긴 흰색 모피를 온몸에 두르고 흰색 털모자를 쓴 사람이 앉아 있었다. 흰 썰매는 광장을 두 바퀴 돌았다. 카이는 재빨리 자신의 썰매를 흰 썰매에 단단히 묶었다. 그리고 흰 썰매와 함께 달렸다. 그들은 점점 더 빠르게 달려 순식간에 광장을 지나 다음 거리에 도착했다. 흰 썰매를 모는 사람은 고개를 뒤로 돌려서, 마치 아는 사람에게 하듯이 카이에게 친근한 태도로 고개를 끄덕여 보였다. 카이가 썰매를 연결한 끈을 풀려고 할 때마다 그 사람은 카이를 돌아보며 고개를 끄덕였고, 카이는 그냥 가만히 있을 수밖에 없었다. 그들은 도시의 성문을 빠져나와 곧장 앞으로 달렸다.

눈이 펑펑 내리기 시작했다. 얼마나 심하게 내리는지 카이는 바로 코앞에 있는 자신의 손도 알아볼 수 없을 정도였다. 카이는 흰 썰매에서 벗어나기 위해 끈을 풀어 보려고 다시 시도했으나 소용이 없었다. 그의 작은 썰매는 큰 썰매에 매달려 질풍처럼 앞으로 내달릴 뿐이었다. 두려워진 카이는 큰 소리로 고함을 질렀다. 그러나 아무도 듣는 사람이 없었다. 눈보라는 더욱 거세게 휘몰아쳤고 썰매는 바람을 맞으며 날듯이 달려갔다. 간혹 가다가 썰매는 공중으로 훌쩍 치솟기도 했다. 눈에 덮인 도랑이나 울타리를 뛰어넘는 듯했다. 카이는 완전히 겁에 질려서 기도문을 외우려고 해 보았다. 하지만 기억나는 건 구구단밖에 없었다.

쏟아지는 눈송이는 점점 더 커지더니, 마침내는 커다랗고 하얀 닭처럼 보였다. 어느 순간 눈송이들이 옆으로 튀면서 흰 썰매가 멈추었다. 흰 썰매를 몰던 사람이 일어섰다. 정말로 눈 그 자체인 흰 외투와 모자를 걸친 그 사람은 키가 크고 태도가 당당한 여자였다. 온통 눈부시게 하얀 그녀는 바로 눈의 여왕이었다.

"우리 정말 신나게 달리지 않았니? 그런데 왜 덜덜 떨고 있는 거야? 어서 내 곰 털가죽 외투 속으로 들어오렴!"

여왕이 카이에게 말했다. 그녀는 카이를 옆자리에 앉히고 자신의 외투로 카이의 몸을 꼭 감쌌다. 그러자 카이는 눈덩이 속으로 푹 파묻히는 기분이 들었다.

"아직도 춥니?"

여왕은 이렇게 묻더니 카이의 이마에 입을 맞추었다. 아아, 그것은 얼음보다도 더 차가운 입맞춤이었다. 그 냉기는 이미 반쯤은 얼음덩이가 된 카이의 심장까지 전해졌다. 카이는 금방이라도 얼어죽을 것만 같았다. 그러나 그것도 잠시, 이내 괜찮아졌다. 그는 자신을 둘러싼 냉기를 더 이상 느끼지 않게 되었다

"내 썰매! 내 썰매를 잊으면 안 돼요!"

정신을 차린 카이가 가장 먼저 떠올린 것은 썰매였다. 카이의 썰매는 흰 닭들 중 한 마리에게 묶여 있었다. 그들은 다시 출발했다. 등에 카이의 작은 썰매를 매단 닭이 그들의 뒤를 따라왔다. 눈의 여왕은 한 번 더 카이에게 입맞춤을 했다. 그러자 카이는 게르다도 할머니도, 집에 대한 모든 것도 깡그리 잊고 말았다.

"이제 더 이상은 안 돼. 그러면 넌 죽게 되니까!"

카이는 여왕을 바라보았다. 그녀는 무척 아름다웠다. 이보다 더지적이고 위엄 있는 얼굴은 상상할 수 없었다. 예전에 창밖에서 카이를 보며 손을 흔들 때와는 달리, 얼음으로 만들어졌다는 느낌도전혀 없었다. 카이의 눈에 그녀는 오직 완벽한 여인이었다. 카이는그녀가 더 이상 두렵지 않았다. 그녀에게 자신이 암산을 잘한다며자랑까지 했다. 심지어 분수도 암산으로 계산할 줄 알고 모든 나라의 면적과 인구까지 알고 있다고. 여왕은 말없이 미소만 짓고 있었다. 그러자 카이는 자신의 지식이 어쩐지 불충분하다는 느낌이 들었다. 카이는 고개를 들고 거대하고 거대한 하늘을 올려다보았다. 여

왕은 카이를 데리고 검은 구름 위로 높이 날아올랐다. 거센 폭풍이 마치 옛날 노래를 부르듯이 귓가에서 몰아쳤다. 그들은 숲과 호수, 바다와 들판 위를 날았다. 그들의 몸 아래에서 매서운 바람이 휘몰아쳤고 늑대가 울부짖었다. 천지에 눈이 하얗게 쌓여 있었다. 그 위로 검은 까마귀들이 까옥거리며 날아갔다. 이처럼 높은 곳에서 보는 달은 더욱 크고 밝았다. 카이는 기나긴 겨울밤 내내 달을 바라보았다. 그리고 낮에는 눈의 여왕의 발아래에서 잠이 들었다.

세 번째 이야기
요술쟁이 노파의 정원

카이가 사라진 후 게르다는 어떻게 지냈을까? 카이는 어디로 간 것일까? 누구도 알지 못했다. 카이를 본 사람은 아무도 없었다. 단지 광장에서 놀던 소년들만이, 카이가 어떤 크고 화려한 썰매에 자기 썰매를 묶고는 광장을 지나 성문 바깥으로 사라져 버렸다고 말했을 뿐이다. 카이가 어디에 있는지 아는 사람은 아무도 없었다. 많은 사람들이 눈물을 흘렸고 게르다도 하염없이 울고 또 울었다. 사람들은 카이가 죽었다고 말했다. 카이가 도시 외곽에 흐르는 강물에 빠졌다고 말이다. 그해 겨울은 참으로 길고도 음울했다.

따스한 햇살과 함께 봄이 찾아왔다.

"카이는 죽었어. 죽어서 땅속에 있는 거야!"

게르다는 해님에게 말했다.

"난 그렇게 생각하지 않아!"

해님이 대답했다.

"카이는 죽었어. 죽어서 땅속에 있는 거야!"

게르다는 제비들에게 말했다.

"우리는 그렇게 생각하지 않아!"

제비들이 대답했다. 그래서 게르다도 이제 카이의 죽음을 믿지 않게 되었다.

어느 날 아침, 게르다가 말했다.

"새로 산 빨간 구두를 신어야지. 카이가 아직 한 번도 보지 못한 신발이니까. 그리고 강으로 가서 카이의 행방을 물어볼 거야."

이른 아침이었다. 게르다는 깊이 잠들어 있는 할머니에게 입맞춤을 하고 빨간 구두를 꺼내 신었다. 그리고 홀로 걸어서 성문을 지나 강으로 내려갔다.

"네가 하나뿐인 내 친구 카이를 데려갔다는 말이 사실이니? 카이를 돌려주렴. 그러면 내 빨간 구두를 줄게!"

그러자 강물이 기묘한 모양으로 일렁였다. 그것이 마치 고개를 끄덕이는 것처럼 보였으므로, 게르다는 자신이 가진 것 중에서 가장 소중한 빨간 구두를 벗어서 강물로 던졌다. 하지만 구두는 강기슭 가까이에 떨어졌고, 물살에 의해서 땅으로 밀려 나오고 말았다. 자신은 카이를 데리고 있지 않으니 게르다가 그토록 사랑하는 신발을 받을 수 없다고 강물이 말하는 것 같았다. 그러나 게르다는 구두가 충분히 멀리 떨어지지 않아서 그런 것이라고 생각했다. 게르다는 마침 강가 갈대밭에 있던 작은 배에 올라타, 보트 가장자리에서 신발을 다시 힘껏 강 가운데로 던졌다. 그런데 게르다의 움직임 때문에 느슨하게 묶여 있던 줄이 풀리면서, 배는 강

가운데로 흘러가고 말았다. 그것을 알아차린 게르다는 얼른 배에서 내려오려고 했으나 이미 때는 늦었다. 사방은 강물뿐이고, 땅은 너무 멀리 있었다. 배는 물살을 타고 점점 더 빠르게 흘러갔다.

겁이 난 게르다는 울기 시작했다. 하지만 게르다의 울음소리를 듣는 건 참새들뿐이었다. 참새들은 게르다를 육지로 데려가 줄 수는 없었지만, 강가를 따라 날면서 게르다를 진정시키려는 듯 노래를 불렀다.

"우리가 여기 있잖아! 우리가 여기 있어!"

배는 강물을 따라 계속 흘러갔고 게르다는 신발도 없이 양말만 신은 발로 배에 앉아 있었다. 빨간 구두는 물에 둥둥 뜬 채 배를 따라 흘러왔지만, 속도가 빠른 배를 따라잡을 수는 없었다.

강둑의 풍경은 아름다웠다. 어여쁘게 피어난 꽃들, 오래된 나무들, 양들과 소들이 풀을 뜯는 산비탈이 나타났다. 그러나 사람의 모습은 어디에도 보이지 않았다.

'어쩌면 강물이 나를 카이가 있는 곳으로 데려다줄지도 몰라.'

이렇게 생각하자 게르다의 마음에는 희망이 솟았다. 게르다는 일어서서 아름다운 초록빛 강둑을 유심히 살폈다. 한참을 흘러가던 배는 커다란 비찌 정원에 가닿았다. 정원에는 묘하게도 빨갛고 파란 창문이 달린 작은 집이 한 채 서 있었다. 지붕은 짚을 이어 올렸고 집 앞에는 나무로 만든 군인 두 명이 총을 어깨에 올린 자세로 서 있었다.

게르다는 그들이 살아 있는 사람인 줄 알고 큰 소리로 불렀다. 하지만 당연히 아무런 대답도 들을 수 없었다. 강이 배를 강둑 가까이로 밀어 준 덕분에 게르다는 그들이 서 있는 곳 가까이 갈 수 있었다.

게르다는 더욱 큰 소리로 사람을 불렀다. 그러자 집 안에서 지팡이를 짚은 한 노파가 나왔다. 노파는 예쁜 꽃무늬가 있고 커다란 챙이 달린 여름 모자를 쓰고 있었다.

"세상에 가엾기도 하지, 저리도 조그만 아이가 거친 물살에 쓸려 이 먼 곳까지 떠내려오다니!"

노파는 강물 속으로 걸어 들어와서는 지팡이로 배를 끌어당겼다. 그리고 게르다를 안아서 내려 주었다.

마침내 땅을 디디게 된 게르다는 무척 기뻤다. 하지만 생전 처음 보는 낯선 노파가 약간은 무섭기도 했다.

"이리 와라. 넌 누구지? 어쩌다가 여기까지 오게 된 건지 얘기를 좀 해 보렴."

노파의 물음에 게르다는 지금까지의 일을 전부 이야기했다. 노파는 이야기를 들으면서 연신 고개를 끄덕이며 "흠, 흠!" 하는 소리를 냈다. 이야기를 마친 게르다는 노파에게 혹시 카이를 보지 못했느냐고 물었다. 노파는 카이가 아직 이곳을 지나가지 않았다고 대답했다. 하지만 곧 올지도 모르니, 너무 슬퍼하지 말고 자신의 정원에서 버찌를 따 먹고 꽃들을 구경하면서 기다려 보라고 말했다. 그곳의 꽃들은 그림책에 나오는 것보다 훨씬 예쁘며 한 송이 한 송이의 꽃이 모두 이야기를 할 줄 안다고도 했다. 노파는 게르다의 손을 잡고 함께 집 안으로 들어간 다음 문을 잠가 버렸다.

집의 창들은 아주 높이 달려 있었으며 유리는 붉거나 푸르거나 혹은 노란색이었다. 그 창을 통해서 비쳐 드는 햇빛은 온갖 색으로 신비롭게 어룽거렸다. 게다가 식탁 위에는 참으로 먹음직스러운 버찌들이 접시에 놓여 있었다. 노파는 게르다에게 원하는 만큼 마음껏 먹으라고 권했고 게르다는 더 이상 먹을 수 없을 만큼 많이 먹었다. 게르다가 버찌를 먹는 동안 노파는 황금 빗으로 게르다의 머리를 빗겨 주었다. 그러자 아리따운 금발 머리가 게르다의 작고 어여쁜 얼굴 주변에서 물결 모양으로 곱슬거리며 반짝반짝 윤이 났다. 게르다의 둥근 얼굴은 한 떨기 장미처럼 눈부시고 아름다웠다.

"이렇게 예쁜 여자아이를 얼마나 오랫동안 소망해 왔는지! 여기서 같이 살자꾸나. 그러면 우리 둘 다 정말로 행복할 거야!"

노파가 말했다. 노파가 게르다의 머리를 빗기면 빗길수록, 게르다는 형제나 다름없는 카이를 점점 잊게 되었다. 사실 이 노파는 요술을 부릴 줄 알았다. 하지만 결코 나쁜 마녀는 아니고 자신의 재미를 위해서 살짝씩만 요술을 부리는 정도였다. 게르다가 마음에 들어서 데리고 있고 싶었던 노파는 정원으로 나가 지팡이로 장미 덩굴이란 덩굴은 모두 건드렸다. 그러자 활짝 피어 있던 아름다운 장미들이 모조리 검은 땅속으로 들어가 버렸다. 장미 나무가 서 있던 자리조차 흔적 없이 사라졌다. 게르다가 장미를 보고서 두고 온 집과 카이를 기억하고 자신을 떠나 버릴까 봐 두려웠기 때문이다.

그리고 노파는 게르다를 자신의 화단으로 데려갔다. 화단은 기가 막히게 아름다웠고 달콤한 꽃향기가 천지에 가득했다. 모든 종류의 꽃이 계절과 무관하게 한꺼번에 피어 있었다. 그림책과는 비교도 할 수 없이 찬란하고 생생했다. 게르다는 환희에 겨워 팔짝팔짝 뛰어다녔고, 해가 버찌 나무 아래로 저물 때까지 수많은 꽃들에 둘러싸여 시간 가는 줄 몰랐다. 밤에는 예쁜 침대에서 보라색 제비꽃으로 속을 채운 붉은 비단 이불을 덮고 잠들었다. 그리고 결혼식 날 밤의 왕비처럼 행복한 꿈을 꾸었다.

다음 날에도 게르다는 따뜻한 햇살을 받으며 꽃들이 만발한 정원에서 뛰어놀았다. 그렇게 여러 날이 흘렀다. 이제 게르다는 정원과 화단에 있는 모든 꽃들에 대해서 다 알게 되었다. 그런데 이상하게도, 그렇게 많은 꽃들이 있는데도 불구하고, 뭔가가 빠진 듯이 허전한 마음이 들었다. 정확히 어떤 꽃이 없는지는 게르다도 알지 못했다. 그러던 어느 날 게르다는 노파의 꽃무늬 여름 모자를 바라보다가 가장 아름다운 꽃, 장미를 발견했다. 노파는 장미 나무를 모두 흙 속으로 밀어 넣으면서 자신의 모자에 있는 장미 무늬를 지우는 것은 깜빡한 것이다. 사람은 완벽하지 못하므로, 조금이라도 방심하면 그런 일이 생기는 법이다!

"아니, 왜 이곳 정원에는 장미가 없는 걸까?"

게르다는 의아하게 생각했다. 화단 여기저기를 돌아다니며 둘러보고 또 둘러보았지만 장미는 한 송이도 발견할 수 없었다. 게르다는 주저앉아서 슬프게 울었다. 그녀의 눈물은 장미 나무가 묻힌 바로 그 자리에 떨어졌다. 따뜻한 눈물이 흙을 적시자 장미 나무가 다시 자라나 땅속으로 들어갈 때와 다름없이 찬란하고 아름다운 꽃을 피워 냈다. 게르다는 장미 나무를 껴안고 꽃송이에 입을 맞추었다. 그러자 집에 두고 온 아름다운 장미가 떠올랐다. 그리운 카이도 생각났다.

"어떻게 그리 오랫동안 잊고 있었을까? 카이를 찾으려고 길을 떠나왔는데!"

게르다는 장미에게 물었다.

"카이는 죽어서 땅속에 있다고 하던데, 혹시 너희 카이를 보지 못했니?"

"카이는 죽지 않았어. 우리는 죽은 이들의 세계인 땅속에 있었어. 하지만 카이는 거기 없었단다!"

장미들이 대답했다.

"정말 고마워!"

게르다는 다른 꽃들에게 다가가 꽃송이 속을 바라보면서 물었다.

"카이가 어디 있는지 아니?"

그러나 꽃들은 환한 햇살 속에서 오직 자신의 동화 같은 이야기를 꿈꿀 뿐 카이에 대해서는 전혀 알지 못했다. 꽃들은 게르다의 물음에 자신들의 이야기로만 대답했다.

참나리는 뭐라고 말을 했을까?

"들리니, 저 북소리가? 둥! 둥! 항상 두 번씩 울리는 둥! 둥! 소리! 여자들의 비통한 노랫소리도 들어 봐! 성직자들의 외침 소리를! 길고 붉은 옷을 걸친 인도 여인이·화형대의 장작더미 위에 서있지. 뜨거운 불꽃이 그녀와 그녀의 죽은 남편의 몸을 한꺼번에 집어삼키는 중이야. 하지만 그녀의 마음을 차지한 건 그 자리에 살아있는 한 남자이지. 이제 곧 그녀의 육신을 재로 만들어 버릴 불꽃보다도 더욱 뜨거운 그의 눈동자가 그녀의 가슴을 사로잡았어. 화형대의 불꽃이 가슴속의 불꽃을 죽일 수 있을까?"

"무슨 소린지 한마디도 알아듣지 못하겠어!"

게르다가 말했다.

"이게 바로 내 동화야."

참나리가 대답했다.

나팔꽃은 무슨 말을 했을까?

"좁다란 산길 위에 오래된 성이 서 있어. 초록색 담쟁이덩굴이 불그스름한 낡은 담장을 **빽빽**하게 뒤덮으며 자라나 발코니까지 뻗어 있어. 그 위로는 어여쁜 소녀의 모습이 보여. 소녀는 난간 위로 몸을 기울이고 길을 내려다보는 중이야. 그 어떤 장미도 그녀보다 싱그럽지는 못할 거야. 바람에 날리는 그 어떤 사과꽃도 그녀보다 가벼울 수는 없을 거야. 그녀의 비단옷이 사각거리는 소리도 들어 봐. '그이는 언제 올까?' 하는 듯한 그 소리를!"

"그이란 카이를 말하는 거니?"

게르다가 궁금해하며 물었다.

"나는 그냥 내가 꿈꾸는 동화를 이야기하는 것뿐이야."

나팔꽃이 새침하게 대답했다.

설강화(雪降花)는 무슨 말을 했을까?

"두 그루의 나무 사이에 긴 나무판자가 밧줄로 매달려 있어. 그게 그네라는 거야. 눈처럼 하얀 옷을 입은 귀여운 여자아이 둘이 모자에 달린 초록색 비단 리본을 바람에 날리면서 그네를 타고 있단다. 아이들의 오빠는 그네 위에 서 있어. 떨어지지 않게 한쪽 팔에 밧줄을 단단히 감은 자세야. 한 손에는 조그만 그릇을, 다른 손에는 도자기 대롱을 들고 있어. 비눗방울을 부느라고 그런 거지. 그네가 앞뒤로 흔들리면서 오색의 영롱한 비눗방울이 햇빛 속으로 날아올라. 파이프에 달린 채 막 부풀어 오르는 비눗방울은 바람이 살짝만 불어도 이리저리 흔들리거든. 조그만 검은 개 한 마리가 비눗방울처럼 가볍게 뒷발로 일어서서 그네 위로 막 올라타려고 해. 그때 그네가 높이 올라가는 바람에 개는 아래로 떨어지고 말지. 개는 약이 올라서 컹컹 짖어 대. 그네는 흔들리고, 아이들은 개를 보며 웃고, 비눗방울이 햇빛 속에서 터지고, 풍경은 거품 속에서 갈기갈기 찢어지지. 이것이 바로 내 동화야!"

"아름다운 이야기인 것 같은데 어쩐지 슬프게 들려. 게다가 카이는 전혀 나오지도 않고! 히아신스는 어떤 이야기를 들려줄 거야?"

"세 명의 자매가 살았어. 다들 어여쁘고 살결이 투명할 만큼 맑고 고왔지. 한 소녀는 붉은 옷을 입었고 두 번째 소녀는 푸른 옷을, 세 번째 소녀는 하얀 옷을 입었어. 어느 달 밝은 밤, 고요한 호숫가에서 그들은 함께 손을 잡고 춤을 추었단다. 그들은 요정이 아니고 그냥 사람이었어. 그런데 어디선가 달콤한 향기가 풍겼고, 소녀들은 함께 숲 속으로 사라졌지. 달콤한 향기는 점점 진해졌어. 얼마 후 소녀들이 누워 있는 세 개의 관이 숲에서 나와 호수로 미끄러져 들어갔어. 반짝이는 반딧불이들이 허공을 떠다니는 촛불처럼 관 주위를 맴돌았어. 춤추던 소녀들은 잠든 것일까, 아니면 죽은 것일까? 꽃향기가 그들이 죽었음을 말하고 있어. 죽은 자를 애도하는 저녁 종소리가 구슬프게 들려와!"

게르다가 비통하게 말했다.

"네 이야기를 들으니 어쩌면 이리도 슬퍼지는지. 네 향기가 너무도 강해서 자꾸만 죽은 소녀들이 생각나! 아, 카이는 정말로 죽은 것일까? 하지만 땅속에 있다가 올라온 장미들은 그렇지 않다고 했는데!"

딸랑딸랑!

히아신스가 종을 울렸다.

"이건 카이를 위한 종소리가 아니야. 우리는 카이를 모르니까! 우리는 그냥 우리의 노래를 부를 뿐이야. 우리가 아는 유일한 노래를!"

이어서 게르다는 초록 이파리들 사이에서 노랗게 피어 있는 미나리아재비에게 갔다. 그러고는 말을 걸었다.

"너는 조그만 해님 같구나! 카이가 어디 있는지 안다면 내게 가르쳐 주지 않겠니?"

그러자 미나리아재비는 황금빛 광채를 발하며 게르다의 얼굴을 똑바로 바라보았다. 미나리아재비는 어떤 노래를 불렀을까? 하지만 그 안에도 카이 이야기는 없었다.

"신의 태양이 봄의 첫 햇살을 작은 마당에 따뜻하게 비추었단다. 햇살은 이웃집의 흰 담장에도 내려앉았지. 담장 바로 옆으로는 그해 가장 먼저 피어난 노란 꽃이 환한 햇살 속에서 금빛 얼굴을 내밀었어. 늙은 여인 하나가 의자를 집 밖에 내놓고 앉아 햇볕을 쬐었어. 그때 남의 집에서 하녀로 일하는 가엾은 어린 손녀가 잠시 틈을 내서 찾아왔어. 손녀는 할머니에게 입을 맞추었어. 황금과도 같은 사랑스러운 입맞춤. 그것은 황금처럼 소중한 마음에서 나오는 입맞춤이었어. 입술의 황금, 지상의 황금, 아침 하늘에 떠오르는 찬란한 황금! 이것이 내 이야기야!"

미나리아재비가 말했다.

"아, 가엾은 할머니는 어찌 되었을까?"

게르다가 슬프게 한숨을 쉬었다.

"나를 참으로 많이 보고 싶어 하실 거야. 카이가 없어져서 참 많이 슬퍼하셨는데 이제는 나 때문에 또 걱정을 하시겠지. 하지만 난 곧 집으로 돌아갈 거야. 카이도 데리고 말이야. 꽃들에게 물어보는 건 아무 소용이 없구나. 꽃들은 자기 이야기만 할 줄 알아. 내가 알고 싶어 하는 건 전혀 들려주지도 않고 말이야!"

게르다는 옷자락을 걷어 올리고 서둘러 달렸다. 그렇게 정원을 빠져나가는데, 수선화가 지나가는 게르다의 다리를 건드렸다. 그 자리에 잠시 멈추어 선 게르다는 키가 큰 노란 꽃을 향해서 몸을 수그리며 물었다.

"너는 뭔가 알고 있니?"

수선화는 뭐라고 말했을까?

"난 나를 볼 수 있어! 나를 직접 볼 수 있다고! 그리고 내 향기는 참으로 달콤하기도 하지! 내닫이창이 달린 지붕 밑 작은 방에서 한 소녀가 옷을 입다 말고 춤추고 있어. 한 발로 섰다가 두 발로 섰다가, 자신의 발로 세계를 다 디디려는 것처럼 춤을 추고 있지. 하지만 그 소녀는 눈이 만들어 낸 환상일 뿐이야. 소녀는 손에 들고 있는 코르셋에 찻주전자로 물을 부어. 깨끗함이란 얼마나 좋은 것인지! 옷걸이에는 하얀 드레스가 걸려 있는데 그 옷 역시 찻주전자의 물로 깨끗하게 빨아서 지붕 위에서 말린 거야. 소녀는 그 옷을 입고 목에는 샛노란 스카프를 둘러. 그러면 흰 드레스는 더욱 하얗게 빛나게 되거든. 소녀가 다리를 들어 올리는 모습을 한번 보렴. 난 나를 볼 수 있어! 난 나를 직접 볼 수 있다고!"

수선화가 말했다.

"그런 이야기는 아무런 도움도 되지 않아! 그러니 내게 할 필요도 없어!"

이렇게 소리친 게르다는 정원 끝으로 달려갔다.

정원의 문은 잠겨 있었다. 하지만 게르다가 문을 힘껏 흔들자 녹슨 문고리가 떨어지며 문이 활짝 열렸다. 맨발인 게르다는 그대로 밖으로 달려 나갔다. 도중에 세 번이나 뒤를 돌아보았지만 쫓아오는 사람은 아무도 없었다. 숨이 차서 더 이상 달릴 수 없는 곳까지 멀리 달아난 후에야 게르다는 길가의 돌 위에 앉았다. 주위를 둘러보니 이미 여름은 한참 전에 지나갔고 가을도 막바지였다. 모든 꽃들이 1년 내내 활짝 피어 있는 그 아름다운 정원에서는 계절의 변화를 전혀 알아차릴 수 없었던 것이다.

"세상에, 벌써 가을이라니. 얼마나 오랫동안 허송세월했던 거야! 여기서 한가하게 빈둥거릴 틈이 없어!"

게르다는 일어서서 걸음을 재촉했다.

그러나 게르다의 작은 발은 물집이 잡혀서 쓰라렸고, 지쳐서 온몸에는 기운이 하나도 없었다. 날은 추웠고 풍경은 스산하기만 했다. 노랗게 물든 버드나무의 길쭉한 이파리들은 늦가을 안개에 흠

뻑 젖어 있었다. 여기저기서 낙엽이 떨어졌다. 아직 열매가 남아 있는 것은 자두나무뿐이었다. 자두는 혀가 오므라들 정도로 몹시 떫었다. 온 세상이 적막하고 음울했다.

Fjerde historie. Prins og pri

게르다가 잠시 앉아서 쉬고 있는데, 커다란 까마귀 한 마리가 눈 위를 깡충거리며 다가왔다. 까마귀는 한참 동안 게르다를 쳐다보더니 고개를 갸우뚱하며 울었다.

"까악! 까악!"

그건 까마귀 말로 "안녕!"이란 다정한 인사였다. 까마귀의 인사는 원래 그러하기 때문이다. 그러고는 게르다에게 홀로 어디를 가고 있느냐고 물었다. 게르다는 '홀로'라는 말을 듣자마자 그 의미를 뼛속까지 절실하게 느꼈다. 그녀는 까마귀에게 지금까지의 모든 이야기를 들려주고는 혹시 카이를 보지 못했느냐고 물었다.

그러자 아주 진지하게 고개를 끄덕이면서 듣던 까마귀가 이렇게 말하는 것이 아닌가.

"그래, 어쩌면 내가 본 그 아이가 바로 카이일지도 몰라."

"뭐라고? 그게 정말이니?"

너무도 기쁜 게르다는 펄쩍 뛰어오르면서 까마귀가 숨도 쉬지 못할 정도로 세게 껴안고 정신없이 입맞춤을 퍼부었다.

"진정해, 진정하라고!"

까마귀가 게르다에게서 한 발짝 물러나면서 말했다.

"그 사내아이가 카이일지도 몰라! 그런데 그가 카이라면 그 아이는 공주 때문에 널 까맣게 잊어버렸을 거야!"

"카이가 공주랑 함께 산다고?"

"그래, 잘 들어 봐. 그런데 사람의 말로 이야기하려니 너무 힘들어. 네가 까마귀 말을 알아들을 수 있다면 참 쉬울 텐데!"

"미안, 그런데 난 까마귀 말은 할 줄 몰라. 우리 할머니는 하실 줄 아는데. 이럴 줄 알았으면 미리 좀 배워 둘 걸 그랬다."

"뭐, 상관없어. 내가 최선을 다해 볼게. 그래 봤자 서툴러서 형편없을 테지만."

그리고 까마귀는 이야기를 시작했다.

"지금 이 나라에는 공주가 한 명 있는데, 말도 못하게 똑똑하고 영리해. 전 세계의 신문이란 신문은 모두 다 읽고 읽은 걸 다시 모조리 잊어버릴 만큼 말이야. 얼마 전에는 공주가 왕위를 물려받았단다. 그런데 사람들 말로는 그 자리가 결코 유쾌하지만은 않다고

해. 공주가 갑자기 노래를 흥얼거리기 시작했는데, 글쎄, '왜 나는 결혼하면 안 되는 걸까', 뭐 이런 가사였다는 거야. 그러고는 놀란 사람들에게 그냥 갑자기 떠오른 생각이었다고 말했다는군. 어쨌든 공주는 결혼을 하기로 생각한 거지. 그런데 겉보기에는 근사하지만 아무 말도 할 줄 모르는 지루한 바보는 싫고, 재치 있는 대답으로 대화를 이끌어 갈 줄 아는 그런 남자를 원했어. 공주는 궁전의 시녀들을 모아 놓고 자신의 생각을 알렸지. 시녀들은 기뻐했어. '공주님이 결혼하시는구나! 조만간 이런 경사가 생길 것을 난 진작 알고 있었지!' 하고 다들 들떠서 어쩔 줄 몰랐단다. 내가 하는 말은 전부 다 사실이야. 나의 참한 애인이 궁전 마당을 날아다니면서 직접 보고 들은 걸 전해 주었으니까!"

물론 까마귀의 애인 역시 까마귀였다. 끼리끼리 어울린다는 말처럼, 까마귀들이 사랑에 빠지면 그 상대는 당연히 까마귀일 테니까.

"그리고 곧 공주의 이름 첫 글자들이 가장자리에 들어간 하트 모양 광고가 신문에 실렸지. 잘생긴 젊은 남자라면 누구나 궁전으로 와서 공주와 대화를 할 수 있다는 내용이었어. 그리고 가장 능숙하게 대화를 이끌 줄 아는 남자가 궁전에서 살게 된다고, 즉 제 집인 것처럼 편하게 가장 말을 잘하는 남자가 공주의 신랑감이 된다는 거야! 정말이야, 정말이라니까! 내가 하는 말은 모두 정확해! 그날부터 사람들이 떼를 지어 궁전으로 몰려갔어. 서로 밀치고 뛰어다니고, 한바탕 소동이 벌어졌어. 그렇지만 첫째 날과 둘째 날 모두 아무런 성과도 없었단다. 바깥에서는 그리도 말을 잘하던 남자들이 성문을 통과해 은색 제복 차림의 근위병들을 만나고 계단을 올라가서 금색 제복 차림의 시종들을 보고, 그리고 불빛이 휘황찬란한 거대한 홀에 들어서면 그대로 입이 얼어붙어 버리는 거야. 마침내 왕좌에 앉은 공주 앞에 서면, 남자들은 공주가 한 마지막 말을 더듬거리며 반복하기만 할 뿐, 다른 말이라곤 입에 올리지도 못하는 멍청이가 되어 버렸지. 물론 공주는 자신이 이미 한 말을 또 듣고 싶은 생각은 추호도 없었고. 궁전에 들어서기만 하면 모든 남자들이 몸속에 연기가 들어찬 듯 순간적으로 정신이 혼미해지는 거야. 그러다가도 바깥으로 나오면 다시 예전처럼 멀쩡해졌단다. 도시 성문에서부터 궁전 앞까지, 구혼자들의 줄이 얼마나 길었는지 몰라. 그곳까지 가서 내 눈으로 직접 그 사람들을 구경했거든! 오래 기다리다 보니 다들 배가 고프고 목이 말랐지. 하지만 궁전에서는 미지근한 물 한 잔도 내주지 않았어. 좀 영리한 이들은 버터 바른 빵을 챙겨 오기도 했지만, 절대로 옆 사람에게 나누어 주는 법이 없더군. 다른 경쟁자들이 허기져서 지친 표정을 하고 있으면 공주가 좋아하지 않을 테니, 그만큼 자신이 더 유리해진다는 계산을 한 거지!"

"그런데 카이는? 카이 이야기를 해 준다고 했잖아? 혹시 그 남자들 중에 카이가 있었다는 거야?"

게르다가 애타게 물었다.

"좀 느긋하게 기다려 봐! 이제 곧 카이 이야기가 나올 거야! 셋째 날이 되었어. 한 소년이 말도 마차도 없이 걸어와서는 조금도 주저하지 않고 궁전으로 들어갔어. 소년의 눈동자는 마치 네 눈동자처럼 그렇게 반짝였어. 소년의 머리칼은 길고 아름다웠지만 옷차림은 초라하기 그지없었단다."

"맞아, 그 아이가 카이야! 아, 드디어 카이를 찾아냈어!"

게르다는 기뻐서 펄쩍 뛰어오르며 손뼉을 쳤다.

"소년은 등에 작은 배낭을 메고 있었어."

"아마 그건 배낭이 아니라 썰매였을 거야. 카이는 썰매를 타고 사라졌거든."

"어쩌면 그럴지도 모르지. 자세히 보지는 않았으니까. 하지만 내 참한 애인이 분명하게 확인해 준 사실은, 소년은 궁전으로 들어가 은색 제복의 근위병들과 계단 위에 있는 금색 제복의 시종들을 보고도 조금도 기가 죽거나 당황하지 않았다고 해. 당황하기는커녕 그들에게 고개를 살짝 숙여 인사하면서 이렇게 말했다는 거야. '계단 위에 하루 종일 서 있으려면 정말 지루하겠어요. 나 같으면 차라리 안으로 들어가겠네요'라고 말이야. 수많은 촛불이 켜진 홀은 휘황하게 밝았고, 각료들과 대신들이 황금 쟁반을 손에 든 채 맨발로 걸어 다녔어. 그런 장소에 가면 누구라도 긴장하기 마련이잖아! 그런데 소년은 장화가 그처럼 요란하게 삐걱거리는데도 조금도 겁을 먹지 않았대!"

"그건 틀림없이 카이야! 카이는 새 장화를 신고 갔어. 할머니의 방을 돌아다닐 때 카이의 장화에서 삐걱거리는 소리가 요란하게 났던 것이 기억나!"

게르다가 외쳤다.

"그래, 정말로 소리가 큰 장화였대. 소년은 공주를 향해 침착한 걸음으로 다가갔어. 공주는 물레바퀴처럼 커다란 진주 위에 앉아 있었단다. 그 곁에는 궁전의 모든 귀부인들이 시녀들과 시녀의 시녀들을 거느리고, 궁전의 모든 기사들이 하인들과 하인의 하인들, 그리고 하인의 하인의 심부름꾼들을 거느리고 둥그렇게 서 있었지. 문 가까이에 서 있는 자일수록 표정이 거만해 보였대. 특히 문 바로 앞에 서 있던 하인의 하인의 심부름꾼은 늘 실내화 차림이었는데, 너무도 도도한 얼굴을 하고 있어서 감히 쳐다볼 수도 없을 정도였다지 뭐야!"

"정말 어이가 없구나! 그래서 카이가 정말로 공주와 결혼하게 됐단 말이야?"

게르다가 물었다.

"내가 까마귀만 아니었다면 공주의 신랑이 될 수도 있었을 텐데! 비록 애인이 있지만 그게 무슨 상관이겠어. 소년은 나만큼이나 말을 잘했다더군. 물론 내가 까마귀 말로 할 때를 말하는 거야. 이건 참한 내 애인이 들려준 거니까 확실해. 소년은 서글서글하면서도 매력적으로 대화를 했어. 그는 사실 공주에게 구혼하러 간 것이 아니라 공주가 지혜롭다는 소문을 듣고 한번 만나 보고 싶어서 갔던 것뿐이야. 그런데 실제로 만나 보니 공주가 마음에 들었던 거지. 공주도 그가 마음에 들었고!"

"그럼 그 소년은 카이가 분명해! 카이도 머리가 엄청 좋아서 분수까지도 암산으로 척척 계산할 줄 알거든. 카이를 만나러 가야 하는데, 까마귀야, 나를 궁전으로 데려다줄 수 있니?"

"말이야 쉽지만, 그리 간단한 일이 아니야. 어떻게 궁전 안으로 들어갈 생각인데? 보통 너 같은 어린 여자아이는 궁전 출입이 허락되지 않는단 말이야. 하지만 내 참한 애인에게 한번 물어볼게. 그녀라면 분명 어떤 묘안이 있을 거야."

"아니야, 어렵지 않아! 카이에게 내가 왔다고 말해. 그러면 그는 금방이라도 달려 나와서 나를 맞이해 줄 거야!"

"그럼 여기 울타리 옆에서 좀 기다려!"

까마귀는 고개를 흔들면서 어디론가 날아갔다. 그리고 저녁이 된 다음에야 다시 나타났다.

"까악! 까악! 내 참한 애인이 안부를 전해 달래. 그리고 이건 그녀가 궁전 부엌에서 몰래 훔쳐 온 빵이야. 네가 무척이나 배가 고플 것이 분명하니까. 궁전에는 빵이 넘치도록 많기도 하고! 그리고 궁전 출입은 불가능하대. 게다가 넌 맨발이잖아. 은색 제복을 입은 근위병들과 금색 제복을 입은 하인들이 그런 차림의 널 들여보낼 리가 없어. 하지만 울지는 마. 다 방법이 있으니까. 내 애인이 궁전의 뒤쪽 계단을 알아. 곧장 침실로 통하는 계단이지. 열쇠가 어디 있는지도 내 애인이 알고 있고!"

그들은 정원으로 들어가, 낙엽이 떨어지는 커다란 가로수 길을 지나갔다. 창문에 불이 하나씩 꺼질 무렵, 까마귀는 게르다를 궁전 뒷문으로 안내했다. 뒷문은 잠겨 있지 않았다.

게르다의 가슴은 두려움과 그리움으로 터질 것 같았다. 마치 나쁜 짓을 벌이려는 사람처럼 겁도 났다. 그러나 게르다는 그 소년이 정말로 카이인지, 단지 그것이 알고 싶은 것이었다. 아니, 그는 카이가 분명했다. 게르다는 카이의 총명한 눈동자와 길고 아름다운 머리칼을 눈앞에서 그려 보았다. 그들이 장미 울타리 아래에 함께 앉아 있을 때 그녀에게 짓곤 하던 카이의 미소도 떠올렸다. 게르다를 만나면 카이도 분명 기뻐할 것이다. 게르다가 카이를 찾아 얼마나 먼 길을 왔는지 들으면 감동할 것이다. 그가 없어진 다음 가족 모두가 얼마나 큰 슬픔에 잠겨 있는지를 알게 되면 카이 역시 집을 무척이나 그리워하게 될 것이다. 드디어 카이를 만난다고 생각하니 게

르다는 한편으로는 두렵고 다른 한편으로는 가슴이 먹먹했다.

그들은 계단을 올라갔다. 벽장 위에서 작은 램프가 타고 있었다. 계단 중간에서 기다리던 까마귀의 참한 애인이 머리를 사방으로 흔들며 게르다를 관찰했다. 게르다는 할머니가 가르쳐 준 대로 무릎을 약간 구부리며 인사했다.

"내 약혼자가 당신 칭찬을 참 많이 했답니다. 아가씨 이야기를 전해 들었는데 매우 감동적이에요! 램프를 들어 줄래요? 내가 앞장을 설게요. 이 길로 똑바로만 가면 돼요. 그러면 그 누구와도 마주칠 일이 없답니다!"

"그런데 누가 뒤따라오고 있는 듯한 기분이 들어요!"

게르다가 몸을 떨면서 말했다. 실제로 뭔가가 그녀의 곁을 휙 스쳐 지나갔다. 그것은 벽에 비친 그림자처럼 보였다. 다리가 날씬한 말이 바람에 갈기를 휘날리며 달려갔고 말을 탄 사냥꾼들과 귀족들과 귀부인들이 그 뒤를 따랐다.

"저건 전부 꿈일 뿐이에요! 높으신 분들의 생각을 사냥터로 데려가고 있는 거랍니다. 덕분에 당신은 침대에 누운 그분들을 자세히 살펴볼 수 있으니 잘된 일이지요. 혹시 아가씨가 높은 자리에 오르게 되면 우리에게 감사하는 마음을 잊지 말라고 부탁하고 싶어요!"

까마귀의 애인이 말했다.

"그야 두말하면 잔소리지!"

까마귀가 말했다.

그들은 첫 번째 방으로 들어섰다. 사방 벽은 꽃을 수놓은 장미색 공단으로 덮여 있었다. 이 방에서도 꿈은 그들의 곁을 스쳐 지나갔다. 하지만 너무도 빠른 속도로 지나가는 바람에 높으신 분들의 얼굴을 확인할 수는 없었다. 뒤로 갈수록 눈이 휘둥그레질 만큼 호화로운 방들이 차례차례 이어졌다. 그리고 마침내 침실이 나타났다. 침실의 고급스러운 유리 천장은 야자수 같은 이파리 모양이었다. 방 한가운데에는 커다란 황금 야자수 줄기에 백합꽃 모양의 침대 두 개가 매달려 있었다. 공주가 잠든 침대는 흰색이었고 다른 침대는 붉은색이었다. 붉은 침대에 카이가 잠들어 있을 터였다. 게르다는 붉은 꽃잎 이불을 살짝 들어 올렸다. 갈색의 목덜미가 보였다. 카이가 분명했다. 게르다는 큰 소리로 카이의 이름을 부르며 램프를 그의 머리맡에 갖다 댔다. 말에 올라탄 꿈들이 다시 방 안으로 뛰어 들어왔다. 붉은 침대에서 잠들어 있던 사람이 깨어나 게르다에게 고개를 돌렸다. 그러나 그는 카이가 아니었다.

왕자가 카이와 닮은 점은 오직 목덜미뿐이었다. 그래도 무척 젊고 아름다운 왕자였다. 그때 흰 침대의 공주도 잠에서 깨어나 무슨 일이냐고 물었다. 게르다는 눈물을 흘리면서 지금까지 겪은 일, 그리고 까마귀들로부터 도움을 받은 일까지 모두 설명했다.

"세상에, 불쌍하기도 해라!"

왕자와 공주는 자신의 일처럼 가슴 아파했다. 그리고 까마귀들을 칭찬하면서, 게르다를 도와준 것에 대해서는 화를 내지 않겠지만, 다시는 이와 같은 일을 해서는 안 된다고 말했다. 그리고 이번에는 착한 일을 했으니 상을 내리겠다고 했다.

공주가 물었다.

"바깥에서 자유롭게 날아다니는 것이 좋으니, 아니면 부엌 바닥에 떨어진 음식을 마음대로 먹을 수 있는 궁중 전속 까마귀로 취직하는 것이 좋으니?"

두 까마귀는 허리를 굽혀 절하고는 대답했다.

"늙었을 때를 대비해서 고정된 일자리가 있으면 좋지요."

노후를 고려한 결정이었다.

왕자는 침대에서 내려오더니 게르다에게 자신의 침대를 내주었다. 그것은 왕자가 게르다에게 베풀 수 있는 가장 큰 친절이었다. 게르다는 두 손을 가슴에 모으며 생각했다.

'사람이나 동물이나 이렇게 마음이 착하고 친절하다니!'

그녀는 눈을 감고 곧 깊은 잠에 빠져들었다. 다시 꿈들이 날아왔다. 이번에 꿈의 무리는 천사처럼 보였다. 천사들은 작은 썰매를 끌고 왔는데, 그 썰매에는 카이가 타고 있었다. 카이는 게르다에게 고개를 끄덕이며 인사를 했다. 하지만 이것은 꿈의 풍경이었으므로, 게르다가 잠에서 깨어나는 순간 모든 것이 연기처럼 사라져 버렸다.

다음 날, 사람들은 게르다를 머리부터 발끝까지 비단과 벨벳으로 치장해 주었다. 그리고 왕자와 공주는 게르다에게 궁전에서 마음 편히 머물러도 좋다고 말했다. 하지만 게르다는 말이 끄는 마차 한 대와 장화 한 켤레만 달라고 부탁했다. 당장 먼 세상으로 나가서 카이를 찾고 싶었기 때문이다.

게르다는 장화와 토시까지 얻었다. 이제 떠날 수 있는 만반의 준비를 마친 셈이었다. 뿐만 아니라 문 앞에는 황금 마차가 서 있었다. 왕자와 공주의 문장이 별처럼 번쩍거리는 마차였다. 마부와 하인 그리고 안내자까지 머리에 금관을 쓴 차림으로 마차에서 대기하고 있었다. 왕자와 공주는 게르다를 손수 마차에 태워 주며 행운을 빌었다. 이제 결혼하여 신랑이 된 까마귀가 성 밖 3마일까지 동행했다. 신랑 까마귀는 마차를 거꾸로 타면 어지럽다고 해서 게르다의 옆자리에 앉았다. 아내 까마귀는 성문 앞에서 날갯짓을 하며 그들을 배웅했다. 그녀는 궁중 전속 까마귀로 취직한 후 음식을 너무 많이 먹어 두통에 시달리는 바람에 함께 갈 수가 없었다. 마차 안에는 설탕 뿌린 브레첼이 그득했고 좌석 아래에도 과일과 후추 과자가 잔뜩 있었다.

"안녕! 잘 가!"

왕자와 공주가 손을 흔들었다. 게르다는 눈물을 흘렸다. 까마귀도 눈물을 흘렸다. 그렇게 몇 마일을 간 후 까마귀와도 작별을 했다. 이것이 가장 힘든 이별이었다. 까마귀는 나무 위로 날아올라서 마차가 시야에서 사라질 때까지 검은 날개를 펄럭였다. 마차는 찬란한 햇살 속에서 반짝이면서 멀어져 갔다.

다섯 번째 이야기
산적의 딸

마차는 컴컴한 숲 속을 달렸다. 하지만 황금 마차는 어둠 속에서 금빛으로 휘황찬란하게 빛났으므로 산적들이 이를 그냥 놓아둘 리 없었다.

"금이다, 금!"

떼를 지어 몰려든 산적들은 말고삐를 낚아챈 후 기수와 마부와 하인들을 때려죽이고 게르다를 마차에서 끌어 내렸다.

"통통한 것이 귀엽구나. 호두를 먹어서 살이 올랐나 봐!"

까칠까칠한 수염에 눈까지 내려와 덮이는 무성한 눈썹의 여자 산적이 외쳤다.

"어린 양고기처럼 참 맛있겠는걸!"

그녀는 군침을 삼키며 무시무시하게 번쩍이는 칼을 꺼냈다.

"아야!"

그 순간 여자 산적이 비명을 토해 냈다. 등에 매달려 있던 성질 사납고 버르장머리 없는 딸이 그녀의 귀를 사정없이 깨물었기 때문이다. 화가 난 여자 산적은 딸에게 욕설을 퍼부었다. 너무도 귀가 아픈 나머지 게르다를 칼로 내리칠 겨를이 없었다.

"저 애랑 놀 거야! 저 애의 토시랑 예쁜 옷도 다 내가 가질 거야! 그리고 같은 침대에서 잘 거야!"

산적의 딸은 외쳤다. 그리고 자기 어머니의 귀를 다시 물어뜯었으므로 여자 산적은 아파서 펄쩍펄쩍 뛰면서 같은 자리를 뱅뱅 맴돌았다. 산적들은 그걸 보고 배꼽이 빠져라 웃어 댔다.

"왈가닥 딸내미 덕분에 춤까지 추어 대는구나!"

"나도 마차에 탈래!"

산적의 딸은 고집불통이었다. 그녀는 응석받이로 큰 데다가 원래 성격도 제멋대로여서 한번 뭔가를 원하면 결코 물러서는 법이 없었다. 그래서 결국 산적의 딸과 게르다는 함께 마차에 올라탔다. 그들은 나뭇등걸과 바위를 지나 길도 없이 험준한 숲 속 깊숙이 들어갔다. 산적의 딸은 키가 게르다와 비슷했다. 하지만 힘이 더 세고 어깨도 더 넓었으며 피부색은 거무스름했다. 눈동자는 완전히 까만색이었고 눈빛이 우울해 보였다. 산적의 딸은 게르다를 껴안으면서 말했다.

"내가 너를 싫어하지 않는 한 저들은 너를 죽이지 못해! 그런데 너는 공주니?"

"아니."

게르다는 그녀에게 그간의 일에 대해서, 사랑하는 카이에 대해서 모두 설명했다.

산적의 딸은 매우 진지한 표정으로 게르다의 말을 듣고 난 후 고개를 끄덕였다.

"내가 너를 싫어하게 되더라도 저들은 너를 죽이지 못해! 그때는 차라리 내 손으로 직접 너를 죽일 테니까!"

산적의 딸은 게르다의 눈물을 닦아 준 뒤 두 손을 따스하고 폭신한 게르다의 토시 속으로 밀어 넣었다.

어느덧 마차가 멈추었다. 그곳은 산적의 성채 마당이었다. 성채에는 위에서부터 아래까지 커다란 틈이 벌어져 있었고 뻥 뚫린 그 구멍으로 까마귀들이 날아다녔다. 사람 한 명 정도는 문제없이 꿀꺽 삼켜 버릴 듯한 커다랗고 사나운 개들이 껑충껑충 뛰어다녔다. 하지만 어떤 개도 짖지는 않았다. 짖지 못하도록 엄격한 훈련을 받았기 때문이다.

성채 내부로 들어가자 커다란 방이 나왔는데, 그곳 돌바닥 한가운데에서는 모닥불이 활활 타오르고 있었다. 오랜 세월 동안 그을음이 달라붙은 실내는 온통 시커멨다. 연기는 천장까지 올라갔다가 여기저기 나 있는 작은 틈새를 스스로 찾아서 빠져나가야만 했다. 모닥불 위 커다란 솥에서는 수프가 펄펄 끓었고 토끼 고기가 꼬챙이에 끼워진 채 익고 있었다.

"넌 오늘 여기서 나랑 자는 거야! 내 귀염둥이들과 함께 말이야!"

산적의 딸이 말했다. 음식을 먹고 물을 마신 아이들은 담요와 짚으로 잠자리를 꾸며 놓은 구석으로 갔다. 머리 위쪽 횃대에 100마리 가까이 되는 비둘기들이 앉아 있었다. 비둘기들은 잠든 것처럼 보였으나 아이들이 다가가자 조금씩 몸을 움직였다.

"애들이 바로 내 귀염둥이들이야."

산적의 딸은 가장 가까이에 있는 비둘기 한 마리를 잽싸게 낚아채더니 발을 붙들고 흔들어 댔다. 비둘기는 날개를 마구 푸드덕거렸다.

"비둘기에게 입 맞춰."

산적의 딸은 비둘기를 게르다의 얼굴에 철썩 갖다 댔다.

"그리고 저쪽엔 산비둘기들이 있어."

산적의 딸은 위쪽 벽에 뚫린 구멍을 가리켰다. 구멍은 촘촘하게 설치된 창살로 막혀 있었다.

"저 안에 악당 녀석이 두 마리 갇혀 있지! 하도 날렵한 놈들이라 잘 가둬 놓지 않으면 금방 도망가 버리거든. 그리고 여기는 내가 사랑하는 오랜 친구 음매야!"

산적의 딸은 순록의 뿔을 잡아끌었다. 순록은 번쩍번쩍 빛나는 구리 목줄에 매달려 있었다.

"순록도 잘 묶어 두지 않으면 달아나 버린단 말이야. 매일 저녁 이 아이의 목을 칼로 간질이는데, 그때마다 무서워서 벌벌 떤단다."

산적의 딸은 벽 틈새에서 기다란 칼을 꺼내 순록의 목덜미에 대고 문질렀다. 그러자 가엾은 짐승은 겁이 나서 발버둥을 쳤다. 산적의 딸은 깔깔 웃으며 게르다를 붙잡아 함께 침대에 털썩 누웠다.

"너는 잠잘 때도 칼을 지니고 있니?"

게르다는 좀 겁먹은 눈길로 물었다.

"응. 난 항상 칼을 곁에 두고 자. 언제 무슨 일이 생길지 모르니까. 그건 그렇고, 아까 하던 카이 이야기 좀 더 해 줘. 어떤 계기로 네가 이 세상을 돌아다니게 되었는지 말이야."

산적의 딸이 말했다. 그래서 게르다는 처음부터 전부 이야기했다. 다른 비둘기들은 잠이 들었지만 위쪽 새장의 산비둘기들은 여전히 구구거리며 울었다. 한 손에는 칼을 들고 다른 팔로는 게르다의 목을 감은 산적의 딸은 어느새 코 고는 소리를 내며 잠이 들었다. 그러나 게르다는 잠들지 못했다. 이곳에서 죽을지 살아남을지 예측할 수 없는 앞날이 불안했기 때문이다. 산적들은 모닥불을 빙 둘러싸고 앉아서 술을 마시며 노래를 불렀다. 술에 취한 여자 산적은 훌쩍훌쩍 공중제비를 넘으면서 돌아다녔다. 게르다와 같은 소

녀에게는 참으로 험악해 보이는 광경이었다.

그때 산비둘기가 게르다에게 말을 걸었다.

"구구! 구구! 우리는 카이를 봤단다. 하얀 닭이 카이의 썰매를 끌었고, 카이는 눈의 여왕의 마차를 타고 있었어. 마차는 우리가 둥지를 튼 숲 위를 스치듯이 넘어서 날아갔는데, 지나가면서 여왕이 찬 입김을 불어 대는 바람에 둥지에 있던 우리 아기들은 모두 죽어 버리고 우리만 살아남았어. 구구! 구구!"

"아니, 뭐라고? 눈의 여왕을 따라갔다고? 그럼 눈의 여왕이 어디로 갔는지 너희는 알고 있니?"

"분명 여왕은 라플란드로 갔을 거야. 그곳은 1년 내내 눈과 얼음으로 덮여 있으니까! 줄에 묶여 있는 저 순록에게 물어보렴."

순록이 말했다.

"라플란드는 눈과 얼음으로 가득한 곳이야. 얼마나 아름다운 땅인지! 눈에 덮인 드넓고 눈부신 벌판을 자유롭게 뛰어다닐 수 있지. 눈의 여왕은 그곳에 여름 별장을 두고 머물러. 하지만 여왕의 성은 그보다 더 북쪽, 북극에 가까운 스피츠베르겐이란 이름의 섬에 있어."

"아, 카이. 불쌍한 카이!"

게르다의 입에서 탄식이 흘러나왔다.

"잠 좀 자게 조용히 해. 안 그랬다가는 칼로 찔러 버릴 거야."

산적의 딸이 투덜거렸다.

다음 날 아침 게르다는 산적의 딸에게 산비둘기들이 들려준 이 야기를 해 주었다. 산적의 딸은 매우 진지한 표정으로 생각에 잠기 더니, 뭔가를 결심한 듯이 고개를 끄덕이며 말했다.

"걱정 마! 걱정 안 해도 돼!"

그리고 순록에게 물었다.

"그런데 넌 라플란드가 어디 있는지 알아?"

"나만큼 잘 알기도 힘들지! 나는 거기서 태어나고 자랐어. 눈 덮 인 라플란드의 벌판을 뛰어다니면서 살았다니까."

순록이 눈동자를 반작거렸다.

산적의 딸은 게르다에게 말했다.

"내 말 잘 들어! 지금 남자 산적들은 모두 나가고 없어. 집에는 엄마뿐이야. 하지만 엄마는 낮에 술을 마시고 거나하게 취하면 낮 잠을 자는 습관이 있거든. 그때 내가 너를 위해 뭔가를 해 볼게."

그러고는 침대에서 뛰어내려 엄마에게 달려가 목을 끌어안고 엄마의 수염을 마구 잡아당겼다.

"엄마, 내 귀여운 염소! 잘 잤어?"

엄마는 딸의 코끝을 멍이 들 만큼 세게 튕겼다. 하지만 이런 것 이 그들 모녀의 애정 표현이었다.

엄마 산적이 술을 마시고 낮잠에 빠져들자 산적의 딸은 순록에

게 가서 소곤거렸다.

"칼로 너를 간질이는 건 아주 재미있어. 네가 벌벌 떠는 모습이 보기 좋거든. 하지만 오늘 너를 풀어 주려고 해. 고향 라플란드로 돌려보내 줄게. 대신에 넌 최대한으로 빨리 달려 게르다를 눈의 여왕의 궁전으로 데려다줘야 해. 그곳에는 게르다가 사랑하는 친구가 있으니까. 게르다가 하는 이야기를 너도 분명 전부 들었을 거야. 그러니 내 말대로 해!"

순록은 기쁨에 겨워 그 자리에서 껑충 뛰었다. 산적의 딸은 게르다를 순록 위에 앉히고 떨어지지 않도록 단단히 묶었다. 심지어는 게르다가 깔고 앉을 작은 쿠션까지도 받쳐 주었다.

"추울 테니까 이 털 장화는 신고 가. 하지만 토시는 내가 가질래. 예뻐서 돌려주기가 싫어. 대신 우리 엄마의 벙어리장갑을 끼면 손은 시리지 않을 거야. 매우 커서 팔꿈치까지 올라올걸. 이런, 그걸 끼고 있으니 네 손이 마치 우리 엄마 손처럼 못생겨 보이잖아!"

게르다는 기쁨과 고마움의 눈물을 흘렸다. 그러자 산적의 딸이 야단쳤다.

"그렇게 징징 짜지 마! 기쁜 표정을 해야지! 빵 두 덩이와 햄을 줄게. 배가 고프면 이걸 먹어."

산적의 딸은 먹을 것을 순록의 엉덩이에 매달았다. 문을 열고 커다란 개들을 안으로 불러들인 다음, 마침내 칼로 순록의 목에 묶인 줄을 끊었다.

"어서 가! 하지만 게르다가 떨어지지 않게 조심해야 해!"

게르다는 커다란 벙어리장갑을 낀 손을 내밀며 산적의 딸을 향해 작별의 인사를 했다. 순록은 바람처럼 앞으로 내달렸다. 나무등치와 바위를 훌쩍훌쩍 뛰어넘고 커다란 숲과 늪지와 평원을 지나 최대한 빠르게 달려갔다. 늑대들이 울부짖었고 까마귀들이 깍깍거렸다. 하늘에서 "빨리! 빨리!" 하는 소리가 나더니 마치 피를 토해 내듯이 하늘이 붉어졌다.

"저건 내 오랜 친구인 오로라야. 저 아름다운 빛을 한번 올려다보렴."

이렇게 말한 순록은 더더욱 속력을 높여 밤낮으로 달렸다. 빵과 햄이 다 떨어질 때쯤, 그들은 라플란드에 도착했다.

라플란드 여인과 핀란드 여인

Siette historie. Lappekonen

그들은 아주 초라하고 작은 오두막 앞에서 멈추었다. 지붕은 땅
바닥에 닿을 정도로 내려앉았고 문도 얼마나 낮은지 기어서 드나
들어야 했다. 오두막에는 단 한 사람, 나이가 많은 라플란드 여인이
살고 있었다. 노파는 고래기름 램프를 켜고 생선을 굽는 중이었다.
순록은 그동안의 일을 모두 노파에게 이야기했다. 하지만 자신의
이야기를 먼저 한 다음에 게르다의 이야기를 꺼냈다. 순록에게는
자신의 이야기가 더 중요했으니 말이다. 게르다는 추워서 몸이 꽁
꽁 얼어 버렸으므로 입을 열 수조차 없었다.

라플란드 노파는 측은한 눈길로 게르다와 순록을 바라보며 말
했다.

"아이고, 불쌍한 것들! 그런데 어쩌나. 아직도 갈 길이 멀었구나! 눈의 여왕이 머무는 핀마르크는 아직도 100마일이나 남았어. 그곳에서 여왕은 저녁마다 푸른색의 오로라를 하늘에 피워 올린단다. 가만있어 봐, 말린 대구 위에 내가 몇 자 적어 주마. 종이라고는 없으니 말이야. 이걸 가져다가 저 위에 사는 핀란드 여자에게 보여 줘라. 그 여자라면 나보다 더 많은 걸 알고 있을 테니!"

게르다가 어느 정도 몸을 녹이고 음식과 물로 허기를 달래고 나자, 라플란드 노파는 말린 대구 위에 쓴 편지를 게르다에게 건네며 잘 간수하고 있다가 핀란드 여자에게 보이라고 했다. 그러고는 다시 순록 위에 올라탄 게르다의 끈을 단단히 묶어 주었다. 순록은 전속력으로 길을 재촉했다. "빨리! 빨리!" 저 높은 곳에서 이런 소리가 들려왔다. 밤하늘에는 눈부시게 푸른 오로라가 번쩍였다. 핀마르크에 도착한 그들은 핀란드 여자가 사는 집의 굴뚝을 똑똑 두드렸다. 그 집에는 문조차 없었기 때문이다.

집 안은 열기로 절절 끓고 있었다. 핀란드 여자는 옷을 거의 벗은 채 돌아다녔다. 그녀는 조그마하고 더러워 보였다. 그들이 들어서자마자 핀란드 여자는 게르다의 겉옷을 벗기고 벙어리장갑과 털장화도 벗겼다. 안 그랬다가는 너무 더운 나머지 숨이 막혀 죽을지도 몰랐기 때문이다. 그리고 순록의 머리에 얼음 조각을 올려 준 다음에야 대구 위에 적힌 편지를 읽었다. 편지 내용을 세 번 읽어 완전히 외운 후에는 그 생선을 수프 냄비 속에 넣어 함께 끓였다. 대구는 맛이 좋은 데다가 원래 핀란드 여자는 무엇 하나 허비하는 법이 없었던 것이다.

순록은 다시 이야기를 시작했다. 역시 자신의 이야기를 먼저 풀어내고 이어서 게르다의 이야기를 했다. 핀란드 여자는 영리한 눈을 깜빡이면서 듣고만 있었지 한마디 말도 하지 않았다.

순록이 말했다.

"당신은 영리하니까 실 한 뭉치로 세상의 모든 바람을 하나로 묶을 수도 있잖아요. 선원이 첫 번째 매듭을 풀면 순풍이 오고, 두 번째 매듭을 풀면 세찬 바람이 불고, 세 번째 네 번째 매듭을 풀면 태풍이 불어와 숲의 나무들을 쓰러뜨리죠. 게르다에게 남자 열두 명만큼의 강한 힘을 주어서 눈의 여왕을 물리칠 수 있게 도와주지 않을래요?"

"남자 열두 명만큼의 힘이라고? 그거라면 족할지도 모르겠네!"

핀란드 여자는 선반에서 커다란 가죽 두루마리를 꺼내 펼쳤다. 거기에는 이상한 글자들이 적혀 있었다. 핀란드 여자는 아무 말 없이 이마에 땀이 흥건해질 정도로 집중해서 그 글자들을 읽었다.

순록은 게르다를 위해서 다시 한 번 간절하게 도움을 요청했다. 게르다도 두 눈에 눈물이 가득 고인 상태로 애원의 눈빛을 띠며 핀란드 여자를 바라보았다. 그러자 핀란드 여자가 다시 눈을 깜빡였다. 여자는 순록을 구석으로 데려가더니, 머리에 새로운 얼음덩이를 올려 주면서 속삭였다.

"카이가 눈의 여왕과 함께 있는 건 사실이야. 그런데 그 애는 거기서 아주 행복하게 잘 지내고 있어. 그곳이 지상 최고의 낙원이라고 믿는 거지. 하지만 그건 카이의 가슴에 박힌 거울 조각과 눈동자에 들어간 거울 파편 때문이야. 가장 먼저 그걸 빼내야만 해. 그러지 않으면 카이는 영영 인간들의 세상에 돌아오지 못하고, 눈의 여왕의 지배를 받게 될 거야!"

"그러면 당신이 게르다에게 이 문제를 해결할 수 있을 정도의 힘을 주면 안 되나요?"

"내가 게르다에게 줄 수 있는 힘은 그 애가 이미 갖고 있는 힘보다 약해! 게르다가 얼마나 대단한 아이인지 아직도 모른단 말이니? 사람이건 동물이건 그 애를 만나면 누구나 다 도와주게 되잖아. 게르다는 맨발로 이 넓은 세상을 씩씩하게 헤치고 다녔어. 하지만 게르다에게 이 사실을 얘기해서는 안 돼. 게르다의 힘은 게르다의 가슴속 깊이 있는 거야. 정말로 사랑스러운, 순수한 아이의 마음에 말이다. 게르다가 직접 눈의 여왕의 궁전으로 가서 카이의 가슴에서 거울 조각을 빼내는 수밖에 없어. 달리 우리가 할 수 있는 것이 없단 말이야! 여기서 2마일 떨어진 곳에서부터 눈의 여왕의 정원이 시작돼. 거기까지 게르다를 데려가서 흰 눈 속에 붉은 열매가 열린 무성한 덤불 옆에 내려 주고 나면 네가 할 일은 끝이야. 그리고 거기서 얼쩡거리지 말고 얼른 돌아와!"

핀란드 여자가 게르다를 순록 등에 앉히자마자 순록은 온 힘을 다해서 질풍처럼 달렸다.

"아, 털 장화를 두고 왔어! 벙어리장갑도!"

살을 에는 찬바람을 맞고서야 게르다는 장화와 장갑을 잊은 것을 알아차리고 소리쳤다. 하지만 순록은 멈출 수가 없었다. 달리고 또 달려 마침내 붉은 열매가 열려 있는 덤불 가까이에 이르렀다. 순록은 그곳에 게르다를 내려 주고 입을 맞추었다. 커다랗게 번쩍이는 눈물방울이 순록의 뺨 위로 뚝뚝 떨어졌다. 그러고 나서 순록은 돌아서더니 올 때와 마찬가지로 그렇게 전속력으로 가 버렸다. 이제 게르다는 홀로 남았다. 얼음으로 뒤덮인 핀마르크의 무서운 추위 속에, 장화도 장갑도 없이.

게르다는 최대한 빠르게 앞으로 달렸다. 게르다의 눈앞으로 커

다란 눈송이들이 떼를 지어 몰려왔다. 하늘에서 쏟아지는 눈은 아니었다. 청명한 하늘에는 오로라까지 밝게 빛나고 있었으니까. 눈송이들은 지상 가까운 곳에 모여 사납게 회오리쳤다. 가까이 다가올수록 점점 더 커졌다. 게르다는 카이의 확대경을 통해서 관찰했던 눈송이를 떠올렸다. 커다랗고 아름답던 눈송이. 하지만 이 눈송이들은 그보다 훨씬 컸다. 뿐만 아니라 살아 있어서 더더욱 기괴하고 무서웠다. 참으로 괴상한 형체인 이 눈송이들은 여왕의 호위병들이었다. 어떤 것들은 거대한 고슴도치처럼 생겼고 어떤 것들은 대가리를 쳐든 뱀들이 한데 엉켜 있는 것처럼 보였으며, 어떤 것들은 흰색으로 반짝이는 털 한 올 한 올을 모두 빳빳이 세운 작은 곰 같았다. 그것들은 전부 살아 있었다.

게르다는 주기도문을 외우면서 갔다. 매서운 추위 때문에 게르다의 입에서는 증기처럼 새하얀 입김이 새어 나왔다. 점점 진하게 피어오른 입김은 작고 하얀 천사들로 변했다. 그러고는 점점 커지더니 마침내는 땅바닥에 닿을 정도가 되었다. 천사들은 머리에는 투구를 썼고 손에는 창과 방패를 들고 있었다. 천사들의 수는 점점 늘어나, 주기도문을 다 외울 때쯤에 게르다는 한 무리나 되는 천사들에게 둘러싸여 있었다. 천사들이 창을 들어 소름 끼치는 눈송이들을 찌르자 눈송이는 수백 개의 얼음 조각으로 쪼개졌다. 그 덕분에 게르다는 용기를 얻고 앞으로 나아갈 수 있었다. 천사들이 게르다의 손과 발을 쓰다듬었다. 그러자 피부를 칼로 저미는 듯 매섭던 추위가 한결 누그러졌다. 게르다는 눈의 여왕이 있는 성을 향해 걸음을 재촉했다.

그런데 카이는 어떻게 지내고 있을까. 그는 게르다를 정말로 까맣게 잊었다. 게르다가 지금 성 밖에 서 있을 거라는 사실은 꿈에서도 상상하지 못했다.

눈의 여왕의 성에서 일어난 일들(과 그 후의 이야기)

성은 휘몰아치는 짙은 눈보라가 만든 벽으로 둘러싸였다. 창과 문은 살을 찢는 매서운 바람이 만들었다. 성 안에도 마찬가지로 눈보라의 벽으로 이루어진 방이 수백 개나 있었는데, 그중 가장 큰 방은 길이가 몇 마일이나 되었다. 모든 방에서 오로라가 샹들리에처럼 환하게 빛났다. 매우 큰 방들은 온통 텅 비었고 얼음의 냉기가 심장을 파고들었으며 사정없이 번쩍거렸다. 이곳에는 그 어떤 즐거움도 존재한 적이 없었다. 폭풍이 음악을 연주하고 북극곰이 뒷발로 서서 춤 솜씨를 뽐내는 그런 흥겨운 파티는 단 한 번도 열리지 않았다. 서로 장난치면서 유쾌하게 떠드는 놀이판도 벌어진 적이 없고, 흰 여우 아가씨들이 모여 커피 마시는 모임도 열리지 않았다. 눈의 여왕의 궁전은 크지만 텅 비어 있고 추울 뿐이었다. 오로라 불

Syvende historie.
Hvad der skete i snedronningens slot, og hvad der siden skete

꽃은 매우 규칙적으로 번쩍여서 언제 가장 밝아지고 언제 가장 흐릿해지는지 정확히 짐작할 수 있었다. 끝없이 드넓고 텅 빈 얼음의 방 한가운데에는 얼어붙은 호수가 있었다. 호수의 수면은 수천 조각으로 갈라져 있었다. 그런데 그 조각들이 모두 완전히 똑같은 모양이어서 인위적으로 만든 예술 작품처럼 보였다. 호수 한가운데는 눈의 여왕이 성에서 지낼 때 앉는 자리였다. 여왕은 호수를 '이성의 거울'이라고 불렀고, 그 위는 세계에서 가장 훌륭하고 유일한 자리라고 말하곤 했다.

카이가 거기 있었다. 추위로 새파랗게 질린 채. 아니, 새파랗다 못해 시커멓게 얼어 버린 채. 하지만 정작 카이 자신은 추위를 전혀 느끼지 못했다. 눈의 여왕이 카이에게 입을 맞추면서 추위를 의식하지 못하게 만들었고, 카이의 심장은 이미 얼음덩이나 다름없이 변해 버렸기 때문이다. 카이는 날카롭고 평편한 얼음 조각들을 이리저리 옮겨 보는 중이었다. 그것들을 짜 맞추어서 뭔가 모양을 만들려는 것이다. 우리가 나뭇조각들을 맞추어서 어떤 형태를 만들어 내듯이. 카이는 매번 참으로 정교한 모양들을 만들어 내곤 했다. 그는 이성의 얼음 놀이에 푹 빠져 있었던 것이다. 카이는 자신의 작품이 뛰어나며 다른 무엇과 비교할 수 없이 중대한 의미를 지닌다고 느꼈다. 그런데 그런 느낌은 바로 카이의 가슴에 박힌 거울 조각 때문이었다. 카이는 얼음 조각으로 모든 글자들을 짜 맞추었다. 하

지만 단 한 가지, 자신이 가장 원하는 단어만은 만들 수가 없었다. 그것은 '영원'이었다.

눈의 여왕은 이렇게 말했다.

"네가 그 단어를 만들어 낸다면 너는 자유다. 또한 전 세계와 새 스케이트까지 선물 받게 될 거야."

하지만 카이는 아무리 애를 써도 그 단어만은 만들어 낼 수 없었다.

눈의 여왕이 말했다.

"이제 나는 따뜻한 나라로 갈 거야! 그곳으로 가서 검은 솥단지 안을 들여다봐야겠어!"

검은 솥단지란 에트나 화산과 베수비오 화산을 가리키는 것이다.

"그것들을 약간이나마 흰색으로 만들고 와야지. 그래야 레몬과

포도나무가 자라는 데 도움이 될 테니까!"

그 말을 남기고 눈의 여왕은 훌쩍 떠나 버렸다. 카이는 길이가 수 마일이나 되는 텅 비고 드넓은 얼음의 방에 홀로 남았다. 카이는 얼음 조각들을 내려다보면서 생각에 생각을 거듭했다. 골똘히 생각에 잠긴 채 꼼짝없이 앉아 있는 그는 산 채로 꽁꽁 얼어 버린 것만 같았다.

바로 그 순간 게르다는 살을 에는 바람의 벽과 문을 무사히 통과했다. 게르다가 기도문을 외자 휘몰아치던 바람이 잠든 듯 잦아들었기 때문이다. 게르다는 텅 비어 있는 커다란 얼음의 방으로 들어섰다. 거기에 카이가 있었다. 한눈에 카이를 알아본 게르다는 달려가서 카이의 목을 껴안았다. 그리고 그를 꼭 끌어안은 채 외쳤다.

"카이! 사랑하는 카이! 너 여기 있었구나!"

그러나 카이는 꼼짝도 없이 차갑고 뻣뻣하게 앉아 있을 뿐이었다. 게르다의 눈에서 뜨거운 눈물이 흘러나왔다. 카이의 가슴에 떨어진 눈물은 그의 심장 속으로 스며들었고, 어느새 심장의 얼음덩이를 흔적도 없이 녹였으며 그 안에 있던 거울 조각도 씻어 냈다. 그러자 카이의 눈동자가 게르다를 보았다. 게르다는 노래를 불렀다.

계곡에 장미가 아름답게 피었네
이제 우리 아기 예수를 보러 가리

노래를 듣자 카이의 눈에서도 눈물이 솟았다. 그의 눈물에 씻겨 눈동자 속에서 거울 파편이 빠져나왔다. 그제야 게르다를 알아본 카이가 환호성을 질렀다.

"게르다, 사랑하는 게르다! 그동안 어디 있다가 이제야 나타난 거야? 그런데 지금 여긴 어디야?"

카이는 어리둥절한 얼굴로 주변을 둘러보았다.

"세상에, 여긴 정말로 춥네! 게다가 이렇게 텅 비고 쓸쓸한 곳에 내가 혼자 있었다니, 믿기지가 않아!"

카이는 게르다를 꼭 껴안았고 게르다는 기쁨의 눈물을 흘렸다. 이들의 재회에 감동받은 얼음 조각들이 일어나서 춤을 추었다. 한참을 춤추다가 지쳐서 스르르 주저앉은 얼음 조각들은 저절로 어떤 단어의 모양을 이루었다. 눈의 여왕이 카이에게 말한 단어, 만들어 내면 자유롭게 해 주겠다던 단어, 전 세계와 새 스케이트까지 선물로 주겠다던 바로 그 단어를.

게르다는 카이의 뺨에 입을 맞추었다. 그러자 카이의 뺨은 금세 불그스름하게 달아올랐다. 게르다는 카이의 눈동자에 입 맞추었다. 그러자 카이의 눈동자는 게르다의 눈동자와 마찬가지로 초롱초롱 빛이 났다. 게르다는 카이의 손과 발에도 입 맞추었다. 그러자 카이는 기운을 되찾고 건강해졌다. 이제 눈의 여왕이 돌아와도 상관없었다. 카이의 자유를 증명하는 얼음 조각 단어가 얼음 위에 선명하게 나타났기 때문이다.

그들은 손을 잡고 여왕의 성을 나왔다. 고향 집에 있는 할머니와 지붕 위의 장미 나무 이야기를 나누었다. 그들이 지나가는 곳마다 거센 바람이 잦아들고 태양이 비추었다. 붉은 열매가 있는 덤불 근처에 다다르자 순록이 그들을 기다리고 있었다. 순록은 혼자가 아니라 젖이 가득 찬 젊은 암순록과 함께였다. 암순록은 아이들에게 입을 맞추고, 자신의 따뜻한 젖을 내주어 마시게 했다. 그리고 순록들은 카이와 게르다를 태워 핀란드 여자에게 데려갔다. 아이들은 훈훈한 오두막에서 몸을 충분히 덥혔다. 핀란드 여자로부터 집으로 가는 길을 자세히 안내받은 후, 이번에는 라플란드 노파의 집으로 갔다. 노파는 아이들의 옷을 꿰매고 썰매도 고쳐 주었다.

순록과 암순록은 나란히 달려서 아이들을 국경까지 데려다주었다. 그곳에 이르자 고개를 쳐드는 초록 식물들을 처음으로 볼 수 있었다. 아이들은 순록들과 라플란드 노파와 작별 인사를 나누었다.

"잘 가, 안녕!"

그들은 손을 흔들었다. 새들의 울음소리가 들리기 시작했다. 숲에는 초록빛 싹이 돋아났다. 그리고 어디선가, 멋진 말 한 마리가 나타났다. 게르다는 그 말을 알아보았다. 황금 마차를 몰던 바로 그 말이었다. 말 위에는 붉은 모자를 쓰고 총을 멘 소녀가 타고 있었다. 바로 집에 있는 것이 지겨워서 일단 북쪽으로 한번 여행을 떠나 보자고 나선 산적의 딸이었다. 그녀는 게르다를 단번에 알아보았고 게르다도 마찬가지였다. 그들은 서로 반가워서 어쩔 줄을 몰랐다.

산적의 딸은 카이를 보고 말했다.

"이렇게 잘생긴 아이였구나! 그러니 게르다가 너를 찾아 이 세상을 온통 헤매고 다녔지! 그런데 정말로 세상의 끝까지 갈 만큼, 그 정도로 소중한 사람인지는 좀 더 두고 봐야겠지!"

게르다는 산적의 딸의 뺨을 쓰다듬으며 공주와 왕자의 안부를 물었다.

"그들은 외국으로 여행을 떠났어!"

산적의 딸이 대답했다.

"그러면 까마귀는?"

"까마귀는 죽었어! 참한 신부는 과부가 되었지. 그래서 검은 털실을 발목에 매달고 다녀. 슬픔을 이기지 못하고 매일 울고만 있고. 참으로 바보 같은 짓이지 뭐야! 그건 그렇고, 이젠 네 얘기를 좀 해줘. 그동안 무슨 일이 있었던 거야? 카이는 도대체 어떻게 만났고?"

게르다와 카이는 번갈아서 그간의 이야기를 산적의 딸에게 들려주었다.

"우와, 끝내준다! 멋져! 기막힌 모험을 한 거잖아!"

산적의 딸은 두 아이의 손을 잡고, 언젠가 아이들이 사는 도시에 가게 된다면 반드시 한번 찾아가겠노라고 약속했다. 그런 후 산적

의 딸은 말을 몰고 더 넓은 세상으로 떠나갔다. 카이와 게르다는 손을 잡고 계속해서 걸었다. 그들이 걷고 있는 도중에 화창한 봄이 되었고 천지가 초록으로 변하면서 꽃들이 활짝 피어났다. 교회의 종들이 울렸다. 두 아이의 눈앞에 교회 종탑들과 도시가 나타났다. 그곳은 바로 아이들의 고향이었다. 아이들은 할머니가 있는 집으로 향했다. 계단을 뛰어올라 다락방 집으로 갔다. 모든 것이 예전과 조금도 다름없었다. 시계는 재깍재깍 소리를 내었고 바늘은 여전히 같은 속도로 돌아갔다. 하지만 아이들이 다락방의 문지방을 통과하는 순간, 그들은 더 이상 아이가 아니라 어른이 되어 있었다. 지붕 홈통의 장미 나무 꽃송이가 창문을 통해 방 안으로 고개를 들이밀었다. 장미 나무 아래에는 아직도 자그마한 어린아이용 의자 두 개가 놓여 있었다. 카이와 게르다는 거기에 앉아 서로 손을 마주 잡았다. 텅 비고 황량하며 혹독한 냉기만이 가득하던 눈의 여왕의 궁전은, 얼음이 햇살에 녹듯이 그렇게 그들의 머리에서 사라졌다. 양지바른 창가에 앉아 햇볕을 쬐는 할머니가 성경 구절을 소리 내어 읽었다.

"너희가 어린아이와 같이 되지 않는다면 결코 신의 왕국에 들어가지 못하리라!"

카이와 게르다는 서로의 눈동자를 마주 보았다. 그들은 이제 이 옛 노래의 의미를 이해할 수 있었다.

계곡에 장미가 아름답게 피었네
이제 우리 아기 예수를 보러가리

이제 두 사람은 어른이 되었지만 어린아이의 마음은 그대로였
다. 어느새 여름이 다가왔다. 더욱 따스하고 더욱 풍요로운 여름이.

2

그림자

Skyggen

더운 나라의 태양은 불덩이처럼 이글거린다! 그런 나라 사람들
의 피부가 마호가니처럼 갈색인 것은 당연하다. 가장 더운 나라의
사람들은 심지어 피부가 완전히 검게 타 버린다. 즉, 흑인들인 것이
다. 북쪽의 추운 나라 출신인 한 학자가 무더운 나라로 여행을 떠났
다. 학자는 그곳에서도 자신의 고향처럼 마음 편히 돌아다닐 수 있
을 것으로 예상했다. 하지만 곧 그런 생각을 바꿀 수밖에 없었다.
더운 나라에서는 무조건 집 안에 머무는 것이 합리적인 생각임을
알아차린 것이다. 마치 집 안에 아무도 없는 것처럼, 혹은 집 안 사
람들 모두가 아예 잠이라도 든 것처럼 덧창과 문을 꼭꼭 닫고서 말
이다. 학자가 머무는 좁은 골목에는 높은 집들이 빼곡히 늘어서 있
었다. 그래서 햇볕이 내리쬐는 아침부터 저녁까지 찌는 듯이 무더

웠다. 도저히 견딜 수 없을 만큼 무더웠다! 추운 나라 출신인 학자는 무척 똑똑한 젊은이였지만 이글이글 달아오르는 폭염 앞에서는 아무것도 할 수 없었다. 그는 매일매일 더위에 시달린 나머지 나날이 마르고 쇠약해졌다. 그의 그림자도 쪼그라들어서 고향에 있을 때보다 훨씬 더 작아졌다. 태양은 그림자마저도 잠식했던 것이다. 저녁이 되어 해가 진 다음에야 그림자는 되살아났다.

자신의 그림자를 보는 일은 학자에게 큰 즐거움이었다. 저녁 빛이 방 안으로 들어서기가 무섭게 그림자는 커다란 모습으로 벽에 우뚝 솟아올랐다. 심지어는 천장까지 닿았다. 기운을 차리기 위해서 힘껏 기지개를 켜는 것이다. 학자도 발코니로 나가서 기지개를 켰다. 맑은 밤하늘에 초롱초롱한 별들이 하나둘 늘어날수록, 학자 자신도 점점 더 되살아나는 기분이 들곤 했다. 저녁이면 골목길 집에 사는 사람들 모두가 시원한 공기를 마시려고 너도나도 발코니로 나왔다. 그래서인지 더운 나라의 집들은 창문마다 전부 발코니가 달려 있었다. 아무리 더위에 익숙하다 해도 사람에게는 시원한 공기가 필요한 법이니까! 그즈음이면 아래 골목길, 발코니 위 할 것 없이 어디나 활기에 넘쳤다. 구두장이고 재단사고 모두가 거리로 나왔다. 집 앞에 의자와 탁자를 세우고 불을 밝혔다. 거리는 곧 수천 개의 불빛으로 환해졌다. 이야기하는 사람, 노래하는 사람, 산책하는 사람으로 혼잡한 거리에 마차가 달리고 짐을 실은 당나귀들도 지나갔다. 당나귀 목에 달린 방울이 딸랑거리는 소리가 들려왔다. 엄숙한 합창과 함께 장례가 치러지기도 했고, 사내아이들이 장난치면서 떠드는 가운데 교회의 종소리도 크게 울렸다. 시간이 갈수록 거리는 점점 더 활발하게 살아 움직였다.

그런데 단 한 곳, 바로 학자가 머무는 방의 맞은편 집만은 고요했다. 그 집에도 분명 누군가가 살고는 있었다. 태양 빛을 듬뿍 받은 꽃들이 발코니에 참으로 눈부시고 싱싱한 상태로 있었기 때문이다. 누군가 물을 주지 않으면 불가능한 일이었다. 물을 주는 사람이 있다는 것은 곧 그 집에 누군가가 산다는 의미였다. 발코니의 문도 저녁이면 반쯤 열려 있곤 했다. 하지만 집 안쪽은 컴컴했다. 적어도 발코니가 있는 방은 불도 없이 어두웠으나 집 안에서는 음악이 흘러나왔다. 학자는 그 음악이 더할 나위 없이 아름답다고 느꼈다. 그러나 아름답다는 그 느낌은 학자의 착각일지도 모른다. 이 낯선 열대의 이국, 일단 뜨거운 태양만 지고 나면 이 도시 모든 거리에서 벌어지는 모든 풍경이 학자에게는 더없이 아름다웠기 때문이다. 학자에게 방을 세준 집주인은 맞은편 집에 누가 사는지 모른다고 했다. 거기 사는 사람을 한 번도 본 적이 없다는 것이다. 게다가 집주인은 그 집에서 나오는 음악이 끔찍할 만큼 지루해서 듣기 싫다고도 했다.

"아무리 해도 능숙해지지 않는 곡을 서툰 연주자가 자꾸만 되풀이해서 연습하는 것 같아요. 매번 같은 곡이잖아요. '이 곡을 제대로 연주해 내고야 말겠어!' 하고 각오를 단단히 한 것 같은데, 영 신통치 않아요!"

어느 날 밤 학자는 한밤중에 우연히 잠에서 깨었다. 열어 놓은 발코니 창으로 바람이 불어 들어와 커튼이 흔들렸기 때문이다. 그때 맞은편 집에서 뭔가 이상한 불빛이 보였다. 꽃들이 한 송이 한 송이 찬란한 색의 불길이 되어 빛을 뿜었다. 꽃들 사이에는 날씬한 몸매의 매혹적인 여자가 서 있었다. 그녀 또한 꽃과 마찬가지로 광채를 내뿜는 듯했으므로 학자는 정말로 눈이 부셨다. 그래서 있는 힘을 다해 눈을 크게 떴는데, 바로 그 순간에 잠이 확 달아났다. 단번에 침대에서 내려온 학자는 살금살금 커튼 뒤로 다가갔으나 여자는 이미 사라지고 없었다. 광채도 사라졌다. 꽃들은 늘 그렇듯 아름다운 자태로 서 있었으나 찬란한 빛을 내뿜지는 않았다. 약간 열린 발코니 문틈으로 감미롭고 아름다운 음악이 흘러나왔다. 가만히 듣고 있으면 기분이 저절로 황홀해지는 음악이었다. 정말이지 마법에 걸린 것만 같았다. 저 집에는 도대체 누가 살고 있을까? 저 집의 입구는 어디에 있는 걸까? 맞은편 건물의 1층 전체는 상점들이어서, 위층으로 올라갈 수 있는 출입구가 없었다.

어느 날 저녁 학자는 발코니에 앉아 있었다. 불빛이 그의 등 뒤편에 있었으므로 당연히도 맞은편 집 벽에 그의 그림자가 비쳤다. 그림자는 맞은편 집 발코니의 꽃들 사이에 앉아 있었다. 학자가 움직이면 늘 그렇듯이 그림자도 따라서 움직였다.

"저 집에서 살아 있는 것이라곤 내 그림자가 유일한 것 같군! 꽃밭에 얌전하게 앉아 있는 모습이라니. 문이 반쯤 열려 있으니 그림자가 머리를 좀 쓸 줄 안다면 안으로 살짝 들어가서 살펴본 다음 나에게 모두 말해 줄 텐데! 그림자야, 그렇게 하지 않겠니? 그렇게만 해 준다면 네가 얼마나 쓸모 있는 존재일까!"

학자는 농담조로 이렇게 혼잣말을 했다.

"그러니 안으로 들어가렴! 그래그래, 들어가서 살펴보렴. 하지만 돌아와야 해. 나를 영영 떠나 버리면 안 돼!"

그러면서 학자는 그림자에게 고개를 끄덕여 보였다. 그림자도 고개를 끄덕였다.

학자는 자리에서 일어섰다. 그러자 맞은편 집 발코니에 있던 그림자도 일어섰다. 학자가 몸을 돌리자 그림자도 몸을 돌렸다. 그리고 학자가 자신의 방으로 들어가 커튼을 닫았을 때, 만약 누군가 주의해서 자세히 살폈다면 그림자가 맞은편 집의 반쯤 열린 문 안으로 슬쩍 들어가는 것을 볼 수 있었을 것이다.

다음 날 아침 학자는 커피를 마시면서 신문을 읽기 위해 밖으로 나왔다. 햇빛 밝은 곳으로 걸어 나왔을 때 학자의 입에서는 이런 외침이 터졌다.

"아니, 이런 일이! 그림자가 없어졌잖아! 분명 어제저녁 때 사라지고는 다시 돌아오지 않은 거야. 이거 몹시 기분 나쁜데!"

학자는 화가 났다. 하지만 사라진 그림자 때문이라기보다는 그림자 없는 남자의 이야기가 생각났기 때문이다. 그림자 없는 남자 이야기는 학자의 고향인 추운 나라에서 널리 알려진 것이었다. 만약 학자가 고향에 돌아가서 그림자를 잃어버린 경험을 말하면 누구나 다 그 유명한 이야기를 흉내 내고 있다고 여길 것이다. 학자는 그런 말을 듣고 싶지 않았다. 그래서 그림자 얘기는 아예 꺼내지도 않기로 결심했다. 그편이 현명한 생각이었다.

저녁이 되자 학자는 다시 발코니로 나와 앉았고, 램프를 그의 바로 뒤편에 갖다 놓았다. 그림자는 언제나 자신의 보호자가 될 주인이 필요할 테니까. 그러나 학자는 그림자를 불러내지 못했다. 학자는 몸을 웅크려 보기도 하고 팔을 쭉 뻗어 키를 늘이기도 했다. 그래도 그림자는 나타나지 않았다.

"흠! 흠!"

초조해진 학자는 기침 소리도 냈다. 그러나 아무 소용이 없었다.

화가 났다. 하지만 이런 뜨거운 기후에서는 모든 것이 빠르게 자라난다. 여드레가 지난 후 햇빛 아래를 걷던 학자는 발치 부분에서 새로운 그림자가 자라는 것을 알아차리고는 몹시 기뻤다. 그림자는 없어졌지만 뿌리까지 사라진 건 아니었다. 3주 후에 그림자는 상당히 크게 자랐고, 학자가 북쪽의 고향으로 돌아가는 도중에도 쑥쑥 자라나서 마침내는 반을 뚝 잘라 버려도 될 만큼이나 커졌다.

집으로 돌아온 학자는 이 세계의 진실, 선함, 그리고 아름다움에 관한 책들을 썼다. 세월이 흘렀다. 날이 지나고 해가 지나갔다. 그렇게 여러 해가 흘러갔다.

어느 날 저녁, 방 안에 앉아 있는데 누군가가 그의 서재 방문을 아주 가볍게 두드렸다.

"들어와요!"

학자가 말했으나 아무런 기척이 없었다. 그래서 학자는 일어서

서 직접 문을 열었다. 문 앞에는 너무도 비쩍 말라서 이상스러워 보이는 한 사람이 서 있었다. 하지만 옷차림은 단정하고 고급스러워 점잖은 인상을 주었다.

"누구신가요?"

학자가 물었다.

"나를 못 알아보는 것도 당연하겠죠? 내 몸이 너무 많이 불었으니까요. 그사이에 나는 살도 많이 찌고 이렇게 옷까지 입을 수 있게 되었답니다. 어쨌든 당신은 이런 근사한 모습의 나를 만나게 되리라고는 결코 예상하지 못했을 거예요. 아무리 그래도 어떻게 자신의 옛 그림자를 알아보지 못하나요? 당신은 내가 돌아올 거라곤 생각도 하지 못했던 건가요? 당신의 몸을 떠난 이후에 나는 정말로 잘 지냈어요. 게다가 여러 가지 면에서 꽤 넉넉해지기도 했답니다. 이제는 자유를 원할 경우 그걸 살 만한 능력도 있단 말이죠!"

방문객이 말했다.

그는 시곗줄에 주렁주렁 매달린 값비싼 장식물들을 절렁절렁 흔들어 보였다. 그리고 목에 건 황금 목걸이 뒤로 손을 가져갔는데 세상에, 열 손가락 모두에 다이아몬드 반지가 번쩍거리고 있었다. 심지어 전부 다 진짜 보석이었다!

"아니, 무슨 소리를 하는 건지 도통 모르겠네! 알아듣게 말을 좀 해 봐요!"

학자는 어리둥절할 뿐이었다. 그러자 자신을 그림자라고 밝힌 남자가 말했다.

"그럴 거예요. 평범한 일은 아니니까. 하지만 당신 자신도 그리 평범한 사람은 아니잖아요. 당신도 알다시피 나는 태어나면서부터 당신만 따라다녔죠. 그런데 당신이 말했어요. 나도 이제 다 컸으니 혼자서 세상에 나갈 수 있다고요. 그 말을 듣자마자 나는 내 길을 간 거랍니다. 지금 나는 정말로 부유하게 살아요. 그런데 이상스럽게도 그리움 비슷한 것이 자꾸만 나를 붙잡더군요. 당신을 한번 만나보고 싶었어요. 당신이 죽기 전에 말이죠. 당신은 언젠가 죽을 테니까요! 그리고 이 나라도 다시 한 번 와 보고 싶었답니다. 누구나 고국은 그리운 법이니까요. 당신에게 새 그림자가 생겼다는 건 나도 알아요. 당신이나 당신 그림자에게 내가 뭔가 빚진 것이 있나요? 있다면 마음 편하게 말씀해 주세요. 당장 지불할 테니."

"세상에, 그런데 정말로 네가 그때의 그 그림자란 말이지? 신기한 일이구나! 자기 그림자가 사람이 되어 돌아왔다는 이야기는 한 번도 들어 본 적이 없어!"

학자는 여전히 귀신에 홀린 듯한 기분이었다.

"내가 빚진 게 있다면 말해 줘요. 난 빚지는 것이 정말로 싫거든요."

"왜 자꾸 돈 얘기를 하고 그래? 우리 사이에 빚질 것이 뭐가 있다고. 넌 자유의 몸이야. 네게 계속 행운이 따라 주었다니 나도 얼마나 기쁜지 몰라. 자, 여기 앉게, 옛 친구! 그동안 어떻게 지냈는지 이야기나 좀 들려줘. 그리고 그때 열대지방의 맞은편 집에서 무엇을 보았는지도 듣고 싶어!"

그림자가 의자에 앉으면서 말했다.

"물론 그 얘기는 들려 드리죠. 하지만 그 전에 먼저 약속을 해 주어야겠어요. 당신과 내가 사는 이 도시의 그 누구에게도, 내가 당신의 그림자였다는 사실을 말하지 말아 주세요. 곧 약혼을 할 생각이거든요. 이제 가족 정도는 너끈히 먹여 살릴 만큼 부자이니까요!"

"걱정할 필요 조금도 없어! 네 정체에 대해서 아무에게도 말하지 않을 테니까. 선서를 할 수도 있어. 남자는 한 입으로 두말하지 않는다!"

"그림자는 한 입으로 두말하지 않는다!"

그림자는 이렇게 따라서 말했다. 그림자의 입장에서는 그렇게 말할 수밖에 없으니까.

참 놀랍게도 그림자는 사람과 너무도 흡사했다. 최고급 직물의 검은색 정장을 차려입고, 반짝거리는 검은 에나멜가죽 장화에 검은 모자를 썼다. 모자는 머리통 부분과 챙만 남기고 모두 접을 수 있는 형태였다. 거기에 이미 우리가 알고 있듯이 시곗줄에 매달린 장식품과 황금 목걸이와 다이아몬드 반지까지. 이렇게 차린 덕분에 그림자는 정말로 완벽한 인간으로 보였던 것이다.

"그럼 이제 이야기를 시작할까요."

그림자가 입을 열었다. 그러면서 그림자는 에나멜가죽 장화를 신은 발로, 푸들처럼 학자의 발치에 누워 있는 새 그림자의 팔을 깔아뭉갰다. 아마도 그것은 교만함에서 나온 행동이거나, 혹은 새 그림자가 거기서 움직이지 말고 가만히 있어야 한다는 메시지를 전달하려는 의도였을 수도 있다. 어쨌든 바닥에 누워 있던 새 그림자는 얌전하게 가만히 있었다. 자신도 이야기를 듣고 싶었기 때문이다. 그림자가 어떻게 주인에게서 해방되어 사람이 되었는지 무척이나 궁금했던 것이다.

그림자가 말했다.

"맞은편 집에 누가 살았는지 알아요? 정말 상상도 못 할 것이 살고 있었지요. 그건 바로 시(詩)의 여신이었어요! 나는 그 집에서 3주를 머물렀는데, 그건 인간이 3천 년을 살면서 이 세상의 모든 시와 문학을 전부 읽은 것과 같은 효력을 가진답니다. 처음에는 나 혼자만의 생각 같았지만, 세상에 나와 보니 그 생각이 맞더군요. 나는 모든 것을 보았답니다. 나는 모든 것을 알아요!"

황홀해진 학자가 외쳤다.

"시의 여신이라! 그래 맞아, 시의 여신은 종종 대도시에서 고독한 은둔 생활을 하곤 하지! 시의 여신! 나도 그녀를 아주 잠깐이만 한 번 본 적이 있어! 그런데 졸음이 몰려오는 바람에 망치고 말았지. 그녀는 발코니에서 오로라처럼 빛나고 있었어! 이야기를 계속해 봐! 계속 들려줘! 너는 그 집 발코니에 있다가, 집 안으로 들어갔고, 그런 다음에는, 그런 다음에는 뭐가 있었지?"

"안으로 들어가니 응접실이 나왔어요. 당신이 항상 발코니에서 건너다보곤 하던 그 응접실이죠. 등불은 없었지만 어디선가 희미한 빛이 흘러들어 오고 있었죠. 발코니와 마주 보는 곳에 방들과 홀이 죽 연결된 긴 복도가 있었는데 그 문들 중의 하나가 열려 있었던 거예요. 그곳의 방들은 모두 환하게 불이 밝혀져 있었거든요. 만약 시의 여신이 있는 곳까지 갔다면 나는 빛 때문에 타 죽었을 거예요. 하지만 난 정신을 차리고, 시간을 갖고 궁리를 해 봤어요. 누구나 그래야 하는 법이니까."

"그래서, 네가 본 것이 뭐지?"

학자는 다급하게 물었다.

"모든 것을 보았죠. 전부 들려 드릴게요. 하지만 그 전에 부탁이 있답니다. 잘난 척해서 하는 말은 아니고, 자유인으로서 그리고 많은 지식을 소유한 입장에서 하는 말이에요. 또 사회적 위치나 재산 상황을 고려할 때 반드시 짚고 넘어가야 할 것 같아서 그래요. 나에게 전처럼 하대를 하지 마시고 존칭을 써 주시면 안 될까요?"

"아, 미안, 미안. 오래된 습관이라서 나도 모르게. 그래요, 당신이 옳습니다! 잊어버리지 않도록 할게요. 그러니 이제 이야기를 계속해 주시지요. 당신이 거기서 본 모든 것을!"

학자는 사과했다.

"당연히 모든 것을 얘기하죠! 나는 모든 것을 보았고, 나는 모든 것을 알고 있으니까!"

"그 안쪽에 있는 방들은 어떻게 생겼던가요? 울창한 숲과 같은 모양이었나요, 아니면 성스러운 교회 내부 모습? 그리고 홀은 어땠습니까? 높은 산 위에 올라서서 바라보는, 별이 총총한 밤하늘 같지 않았나요?"

학자는 궁금한 것들을 한꺼번에 질문했다.

"그 모두였어요! 그런데 집 안쪽으로 깊숙이 들어가지는 않았으니 응접실의 희미한 불빛으로 본 것이 전부이긴 합니다. 하지만 내가 선 위치에서는 모든 것이 다 잘 보였어요. 전부 다 보았고, 그래서 전부 다 잘 알고 있는 거죠! 난 그 집의 응접실에, 시의 여신의 뜨락에 있었으니까요!"

"그래서, 무엇을 보았습니까? 고대의 신들이 커다란 홀을 하나하나 통과해서 가던가요? 고대의 영웅들이 전투를 벌이는 걸 보았습니까? 아니면 귀여운 아이들이 뛰어놀면서 자신들의 꿈을 이야기하고 있던가요?"

"내가 거기 있었다고 말했지요. 그래서 거기 있는 모든 것을 전부 보았다고 말하지 않았습니까! 만약 당신이 그 집으로 건너왔다면 당신은 사람으로 남아 있지 못했을 겁니다. 대신 그림자인 나는 사람이 될 수 있었던 거죠! 그와 동시에 나는 내면 깊숙이 숨겨진 내 본성을 깨달았어요. 태어나면서부터 시를 사랑했으며, 시와 불가분의 운명을 타고났다는 사실을요. 당신과 함께 지낼 때는 그런 생각을 하지 못했어요. 그러나 당신도 알다시피, 태양이 떠오를 때와 저물 때면 나는 늘 기이할 만큼 커다랗게 변했죠. 달빛 아래에서는 심지어 당신보다도 더욱 뚜렷하게 보일 정도였어요. 그러나 당시의 나는 내 천성을 전혀 알아차리지 못하고 있었어요. 여신의 응접실에 들어선 이후에야 비로소 내 참모습을 느낀 거예요! 나는 사람이 되었어요! 그렇게 성숙해진 상태로 밖으로 나오고 나니 당신은 이미 열대의 나라를 떠난 뒤더군요. 사람이 되자 나는 내 모습이 부끄러웠어요. 예전처럼 막 돌아다닐 수가 없었죠. 장화와 옷가지, 인간들이 걸치는 갖은 겉치레가 필요해진 거예요. 그래서 나름의 방도를 고안해 냈어요. 당신에게는 전부 다 솔직하게 털어놓을 수 있답니다. 당신은 절대로 이 이야기를 책으로 쓰지는 않을 테니까요. 내가 선택한 방법은 빵 굽는 여자의 치마 속에 숨는 거였죠. 빵 굽는 여자는 자기 치마 속에 뭐가 들어 있는지 별로 신경을 안 썼거든요. 그러다가 해가 진 다음에야 밖으로 나오곤 했어요. 달빛에 잠긴 거리를 돌아다니면서, 담장 끝까지 닿도록 몸을 쭉 늘여

도 보았어요. 그렇게 하면 등이 얼마나 시원한지! 나는 거리의 이쪽 끝에서 저쪽 끝까지 걸어 다녔어요. 높이 달린 창문을 통해 방들을 기웃거리고 지붕 위까지 살폈어요. 인간의 눈으로는 보기 힘든 곳까지 전부 다 볼 수 있었답니다. 이 세상은 한마디로 추악해요! 인간이 되어야만 할 수 있는 특별한 점들만 아니라면 나는 정말이지 인간 따위는 되고 싶지 않았을 거예요! 나는 여자들, 남자들, 부모, 그리고 한없이 귀엽고 사랑스러운 아이들 사이에서 일어나는 상상할 수 없는 추악한 장면들을 목격했답니다. 나는 보통의 인간들이 너무도 알고 싶어 하지만 결코 알지 못하는 것들을 눈으로 직접 보았어요. 즉, 가까운 이웃이 저지르는 흉하고 어두운 일들 말이에요. 내가 그 경험을 가지고 신문 기사를 썼다면 엄청나게 인기를 끌었을 겁니다! 하지만 난 신문 기사 대신에 그런 일을 행한 자들에게 직접 편지를 썼죠. 그 결과 내가 가는 도시마다 사람들은 무서운 충격에 휩싸이게 되었습니다. 다들 내가 무서워서 벌벌 떨었어요. 그들은 나를 정말로 귀하게 대접했지요. 교수들은 나를 교수 자리에 앉히고, 재봉사들은 내게 새 고급 양복을 선물했어요. 그러다 보니 내 모양새가 금세 그럴듯해지더군요. 조폐국 사람들은 나를 위해서 금화를 찍어 내고, 여자들은 내가 멋있다고 입을 모아 칭송했죠! 그렇게 난 지금 이 모습이 된 거예요. 그런데 이제 가 봐야 할 시간이네요. 여기 내 명함을 드릴게요. 나는 햇살이 비치는 거리에 살아요. 그리고 비가 오는 날이면 항상 집에 있답니다!"

이 말을 마지막으로 그림자는 가 버렸다.

"정말 믿을 수가 없군!"

혼자 남겨진 학자가 중얼거렸다.

수년의 시간이 흐른 어느 날, 그림자가 다시 학자를 찾아왔다.

"어떻게 지내세요?"

그림자가 물었다.

"이 세계의 진실, 선함, 그리고 아름다움에 관한 책들을 쓰고 있어요. 하지만 요즘은 아무도 그런 책을 읽으려 들지 않으니 문제예요. 내가 진심을 바치는 일이 사람들에게 전달되지 못하니 절망적인 기분이랍니다!"

학자가 대답했다.

그러자 그림자가 대뜸 말했다.

"나라면 그러지 않겠습니다! 난 요즘 아주 편하게 잘 지낸답니다. 그게 중요한 거죠. 당신은 세상을 잘 몰라요. 그런 식이라면 혼자 고민하다가 병들고 말 거예요. 당신에게는 여행이 필요해요! 이번 여름에 여행을 떠날 계획인데 함께 가시겠어요? 누군가와 함께 가면 여행이 더 즐거울 거예요. 어때요, 내 그림자가 되어 함께 여행을 떠나는 게? 당신과 함께 간다면 얼마나 좋을까요! 여행 경비는 내가 다 대겠어요!"

"아니, 그건 너무 심하잖아요!"

학자는 당황하여 소리쳤다.

"그거야 받아들이기 나름이죠! 여행을 하면 당신에게도 아주 이로울 거예요! 내 그림자가 되어 준다면, 내가 모든 경비를 다 부담한다니까요."

"정말이지 어이가 없어서 말이 안 나오는군!"

"그런데 세상이 원래 그렇답니다! 앞으로도 계속해서 그럴 거고요."

그림자는 이렇게 말하고 가 버렸다.

학자의 형편은 전혀 나아지지 않았다. 슬픔과 근심이 그를 떠나지 않았다. 그가 이 세계의 진실, 선함, 그리고 아름다움에 관해서 아무리 이야기해도 대대수의 인간들에게는 돼지 목의 진주나 마찬가지였다. 마침내 학자는 병이 들고 말았다.

"선생님, 그러고 있으니 그림자처럼 보입니다!"

학자를 만난 사람들은 이렇게 말하곤 했다. 이 말을 들을 때마다 학자는 소름이 끼쳤다. 그 역시도 그렇게 생각하고 있었기 때문이다.

어느 날 학자를 찾아온 그림자가 말했다.

"온천에 가서 휴양을 좀 해야겠어요! 선택의 여지가 없어 보이네요. 옛정을 생각해서 내가 당신을 데려갈게요. 여행 경비도 전부 대겠습니다. 당신은 여행하면서 글을 쓰고 내 말동무 정도만 해 주시면 돼요. 어차피 나도 온천욕을 해야 하거든요. 수염이 자라지를 않아요. 이것도 일종의 병이죠. 사람이라면 수염이 있어야 하는 것 아닙니까! 기분 나빠하지만 말고 한번 잘 생각해 주세요. 우리 함께 떠나 보자고요."

그들은 함께 여행을 떠났다. 이번에는 그림자가 주인이고 학자는 그의 그림자였다. 그들은 함께 마차를 탔고, 말을 탔고, 걸었다. 태양의 위치에 따라 나란히 가거나 앞서거나 뒤서거니 하면서. 그림자는 언제 어디서나 주인의 역할을 당당하게 맡아서 했지만, 학자는 그런 문제에 신경을 쓰지 않았다. 학자는 원래 마음이 너그러우며 성품이 온화하고 다툼을 싫어했기 때문이다.

그러던 어느 날 학자가 그림자에게 말했다.

"이제 우리는 잘 맞는 여행 친구가 되었군요. 생각해 보면 우리는 어린 시절부터 함께 자랐으니 앞으로는 정말 형제처럼 스스럼없이 지내기로 하고 존칭도 생략하는 것이 어떨까요?"

이제는 사실상 주인이 된 그림자가 대답했다.

"그렇게 생각하나요? 정말 솔직하고 호의적인 제안입니다. 그러니 나도 솔직하고 호의적으로 대답할게요. 당신은 학자이니 인간의 본성이란 것이 얼마나 복잡 미묘한지 잘 알 거예요. 어떤 사람들은 거친 갈색 종이를 만지면 기분이 나빠진다고 하죠. 또 어떤 사람들은 손톱으로 유리를 긁는 소리에 소름 끼쳐 한답니다. 그런데 나는 당신이 나를 '너'라고 부를 때마다 그와 똑같은 느낌을 받아요. 그럴 때마다 땅으로 꺼지는 것처럼 기가 죽어요. 내가 당신의 그림자로 살던 때가 생각나서 그런 거겠죠. 이건 자존심 때문이 아니라, 그냥 순수한 느낌이 그렇다는 거예요. 그래서 당신이 나를 너라고 부르는 걸 허락할 수 없어요. 하지만 나는 당신을 너라고 부르고 싶군요. 그러면 당신이 원하는 바가 절반은 이루어진 것 아닌가요?"

그날 이후로 그림자는 자신의 옛 주인인 학자를 너라고 불렀다.

'이건 정말 너무하군. 나는 존칭을 하는데 저자는 하대를 하다니!'

학자는 속으로 생각했다. 하지만 참는 것 말고 달리 도리가 없었다.

그들은 온천지에 도착했다. 온천지에는 외국에서 온 사람들이 많았는데 그중에는 무척 아름다운 공주도 한 명 있었다. 공주는 너무 많은 것을 꿰뚫어 보는 증세가 있었는데, 그건 무척 무서운 병이었다.

그들이 도착한 첫날부터 공주는 그림자가 심상치 않은 사람임을 알아차렸다.

"사람들은 저 남자가 수염을 자라게 하려고 온천에 왔다고들 말하는데, 나는 진짜 이유를 알아. 저 남자는 그림자가 없는 거야."

공주는 호기심이 생겼다. 그래서 산책길에서 그 낯선 남자를 만나자 즉시 말을 걸어 대화를 나누었다. 공주는 왕의 딸이었으므로, 이런저런 번거로운 절차는 생략하고 곧장 궁금한 내용의 확인에 들어갔다.

"당신은 그림자가 없는 병에 걸린 것 같군요."

그러자 그림자가 대답했다.

"공주님의 병이 마침내 회복되셨군요! 공주님이 사람을 너무 꿰뚫어 보는 탓에 괴로워한다고 들었는데, 이제 그 증세가 사라진 듯합니다. 병이 나으신 거네요! 저에게는 아주 특별한 그림자가 있는데 그걸 눈치채지 못하시다니요. 항상 저와 함께 다니는 이 사람이 보이지 않으신단 말입니까? 다른 사람들이야 평범한 그림자로 만족하지만, 전 평범한 것이 싫거든요. 하인에게 자신의 것보다 더 고급인 옷을 입히는 사람들이 간혹 있지요. 그와 마찬가지로 저도 제 그림자가 사람처럼 보이도록 차려입힌 거랍니다! 게다가 공주님도 보시다시피, 그림자까지도 허용해 주었죠. 물론 돈이 아주 많이 들긴 했지만, 전 다른 사람들이 하지 않는 일을 하면서 쾌감을 느끼니까요!"

공주는 생각했다.

'뭐라고? 정말로 내 병이 다 나은 걸까? 여러 군데를 다녀 봤지만 효력을 발휘한 건 이 온천이 처음이야. 이곳의 물에는 정말로 신비한 치유력이 있나 봐. 하지만 난 돌아가지 않겠어. 지금부터 막

흥미진진해지려 하잖아. 이 남자, 묘하게 끌린단 말이야. 그런데 걱정이야. 여기서 저 사람 수염이 자라지 않는다면 이곳을 떠나 버릴 텐데!'

그날 저녁 커다란 무도회장에서 공주는 그림자와 함께 춤을 추었다. 공주의 몸놀림은 사뿐사뿐 가벼웠지만, 그림자는 그보다 더욱 가볍게 움직였다. 공주는 그처럼 능숙하게 춤을 추는 사람을 한 번도 만난 적이 없었다. 공주는 자신의 나라에 대해서 이야기했다. 그림자는 공주의 나라를 알고 있었다. 그곳에 간 적이 있기 때문이다. 하지만 그때는 공주가 자신의 나라를 떠나 있었다. 다른 나라와 마찬가지로 거기서도 그림자는 낮은 곳뿐만 아니라 높은 곳의 창문을 통해서까지 모두 샅샅이 들여다보았으므로 공주의 질문에 전부 대답할 수 있었고, 또 그 밖의 훨씬 더 많은 일들에 관해서도 안다는 인상을 주었으므로 공주는 매우 놀랐다. 공주는 그가 이 세상에서 가장 똑똑한 사람이라 생각했고 그의 지식을 존경스러워했다. 그리고 그들이 두 번째로 춤을 추었을 때, 공주는 이미 그림자를 좋아하고 있었다. 공주가 그림자를 하도 뚫어져라 쳐다보며 시선을 거두지 못했기에 그림자도 그 사실을 알아차렸다. 세 번째로 함께 춤출 때, 공주는 하마터면 그림자에게 사랑을 고백할 뻔했다. 하지만 공주는 자신의 고향과 왕국, 자신이 다스려야 할 많은 백성들을 생각하면서 그 충동을 억눌렀다.

'정말이지 아는 것이 많은 사람이야. 그것만 해도 좋은데 춤 실력까지 이렇게 훌륭하다니. 이 남자는 과연 기본적인 교양도 풍부할까? 중요한 문제이니 한번 시험을 해 봐야겠어.'

이렇게 생각한 공주는 차츰 분위기를 바꾸었다. 그리고 공주 자신도 쉽게 대답하기 어려운, 정말로 심오한 문제 몇 가지를 질문했다. 그러자 그림자는 기묘한 표정을 지었다.

공주는 좀 실망하며 말했다.

"당신에게도 이건 너무 어려웠나 보군요!"

그림자가 대답했다.

"그렇지 않습니다. 어린 시절에 이미 배운 건데요. 그런 거라면 저기 문간에 서 있는 내 그림자조차 대답할 수 있을 겁니다!"

"그림자가요? 그건 정말 뜻밖이네요!"

공주는 깜짝 놀랐다.

"확실하게 장담은 못 하지만, 그 정도라면 내 그림자도 대답할 수 있을 겁니다. 벌써 몇 년 동안이나 한 몸인 것처럼 나를 따라다녔으니 그 정도는 그도 알고 있을 거라고 생각해요. 하지만 공주님에게 먼저 양해를 구할 것은, 내 그림자는 사람으로 대접받는 걸 지극히 자랑스러워해요. 그래야만 기분이 좋아진답니다. 그래서 올바른 대답을 들으려면 일단 그가 진짜 사람인 것처럼 말을 걸어야만 해요."

"그렇게 하죠, 뭐. 그게 무슨 문제인가요!"

공주는 흥분했다.

문간에 서 있는 학자에게 다가간 공주는 태양과 달과 인간에 관해서, 인간의 외형뿐 아니라 내면에 관해서 심도 깊은 질문을 했고, 그 자리에서 매우 지혜롭고 현명한 답변을 들었다.

공주는 생각했다.

'세상에, 이렇게 현명한 그림자를 둔 저 남자는 도대체 얼마나 멋진 사람이란 말인가! 저런 사람을 남편으로 맞으면 내 왕국과 백성들에게 크나큰 축복일 거야. 아무래도 저 사람과 결혼해야겠어!'

공주와 그림자는 곧 결혼을 약속했다. 그러나 공주가 고국으로 돌아갈 때까지는 누구에게도 그 사실을 말하지 않기로 했다.

"아무도 알아서는 안 돼요. 내 그림자도 마찬가지예요!"

그림자는 말했다. 그에게는 다른 속셈이 있었던 것이다.

그들은 공주가 다스리는 나라에 도착했다.

그림자가 학자에게 말했다.

"이보게, 친구! 지금 난 더할 나위 없이 행복하고 막강한 권력도 갖게 되었어. 그러니 너에게도 뭔가 특별한 혜택을 주고 싶어. 너는 나와 함께 이 궁전에서 살 수 있고 나와 함께 왕실 마차도 탈 수 있어. 또 매년 꽤 큰 액수를 급여로 지불하려고 해. 그런데 거기에는 조건이 있지. 너는 이제부터 그냥 그림자라고 불려야 해. 네가 한때 사람이었다는 것을 누구에게도 말해선 안 돼. 그리고 내가 1년에 한 번, 햇빛 환한 발코니로 나가 군중 앞에 모습을 보일 때면, 너는 평범한 그림자들과 마찬가지로 내 발치에 누워 있어야만 해. 이유를 설명해 주지. 난 이 나라의 공주와 결혼하기로 했거든! 바로 오늘 저녁이 결혼식이야."

학자는 소리쳤다.

"안 돼, 말도 안 돼! 그건 싫어. 난 그렇게 안 할 거야. 그건 나라 전체를 속이고 공주마저 속이는 짓이야! 내가 전부 다 얘기하겠어. 내가 사람이고 너는 그냥 옷을 걸친 그림자라고 털어놓을 거야!"

"아무도 네 말을 믿지 않을걸. 그러니 내 말대로 하는 게 좋아. 안 그러면 호위병을 부를 테다."

"지금 당장 공주에게 가서 다 말할 거야!"

학자도 지지 않고 대꾸했다.

하지만 그림자는 냉담했다.

"그 전에 내가 먼저 갈 텐데. 그러면 넌 그대로 감옥행이야."

그림자의 말이 맞았다. 호위병들이 공주의 약혼자인 그림자의 말을 따랐기 때문이다.

그림자가 공주의 방으로 들어서자 깜짝 놀란 공주가 물었다.

"당신, 왜 떨고 있어요? 무슨 일이 있었나요? 오늘 저녁에는 아프기라도 하면 절대 안 돼요. 우리 결혼식 날이잖아요!"

그림자가 설명했다.

"정말 무서운 일을 겪어서 그래요. 상상할 수 없는 일이 있었답니다. 최근에 일어난 변화들이 아무래도 어리석은 내 그림자가 감당하기에는 너무 벅찼던가 봐요. 그래서 그런지 그림자가 미쳐 버리고 말았어요! 자기가 사람이고 내가 자기 그림자라는 망상에 사로잡혀 버린 거예요. 그게 어디 말이나 됩니까!"

공주도 낯빛이 변했다.

"세상에, 어쩌다가 그런 끔찍한 생각을! 그래서 안전하게 잘 가둬 놓았나요?"

"그럼요. 그런데 영영 회복이 안 될까, 그것이 걱정입니다."

공주가 한숨을 쉬었다.

"불쌍한 그림자! 그런 불행을 겪다니. 광인으로 한평생을 보내느니 차라리 죽는 편이 나을 텐데. 곰곰이 생각해 보면, 그런 자들의 목숨을 고통 없이 끊어 주는 일이 필요한 것도 같아요."

"정말로 충실한 하인이었는데. 그렇게까지 해야 한다면 가슴이 아파서 괴로울 거예요!"

그림자는 정말로 안타까운 듯 한숨을 내쉬는 척했다.

"당신 성품이 너무 고결해서 그래요."

공주가 말했다.

그날 저녁 도시 전체가 수많은 등불로 대낮처럼 휘황한 가운데 은은한 축포 소리가 울려 퍼졌다. 병사들이 총을 들고 도열했다. 결혼식 행사가 시작되었다! 공주와 그림자가 발코니로 나와 모습을 보이자 군중 속에서는 커다란 환희의 함성이 터져 나왔다.

그러나 학자는 아무 소리도 들을 수 없었다. 그는 이미 죽임을 당했기 때문이다.

SKYGGEN

ande, der kan rigtignok solen brænde! Folk bliver
ja i de allerhedeste lande brændes de til negre, men
de lande, en lærd mand var kommet fra de kolde
an kunne løbe om ligesom derhjemme.
ed. Han og alle fornuftige folk måtte blive
lev lukkede den lille dag
hjemme. Den smalle
ygget således
irkelig ikke
en ung mand
på hans, han lys
t minder
ftenen, men

3

인어 공주

Den Lille Havfrue

아득히 머나먼 바다의 물빛은 오직 푸르디푸를 뿐이다. 활짝 핀 수레국화처럼 푸른 바다는 깨끗한 유리같이 투명하지만, 무섭도록 깊기도 하다. 너무도 깊어서 그 어떤 어부의 닻도 바닥에 닿지 못할 정도이다. 밑바닥에서 수면까지 이르려면 교회의 종탑을 몇 개나 포개서 쌓아야 할지 까마득하다. 그런 깊은 바닷속에 인어들이 살고 있다.

아마도 사람들은 바다 밑에 그냥 흰모래들만 단조롭게 펼쳐져 있을 거라고 생각하겠지만, 천만의 말씀! 그곳에는 기이하고 신비로운 나무를 비롯한 온갖 식물들이 무성하다. 식물의 줄기와 가지, 그리고 이파리들이 얼마나 유연한지 아주 가벼운 물살이 살짝만 일어도 살아 있는 듯 온몸이 너울거린다. 크고 작은 물고기들은 가지 사이를 재빨리 돌아다니는데, 그 모습이 마치 여기 위쪽 육지에서 새들이 공중을 날아다니는 모습과 흡사하다. 바다 밑에서도 가장 깊은 곳에 인어 임금의 궁전이 있다. 궁전 성벽은 전체가 산호이며, 길고 뾰쪽한 모양의 창문은 맑고 투명한 호박 유리로 되어 있다. 지붕을 뒤덮고 있는 것은 조개껍질인데, 수많은 조개들이 물결이 밀려오고 밀려갈 때마다 입을 벌렸다 다물기를 반복한다. 그 광경은 매우 아름답고도 눈부시다. 그것들의 입속에는 은은한 광채를 발하는 진주가 들어 있기 때문이다. 게다가 그 진주들은 한 번도 본 적이 없을 만큼 크고 색채도 오묘하여, 단 한 알이 여왕의 왕관에 올라앉는다 해도 그 어떤 보석보다 찬란한 기품을 발휘할 것이 분명했다.

임금은 오래전에 왕비를 잃은 몸이어서, 임금의 어머니가 궁전의 살림을 도맡아 하고 있었다. 그녀는 매우 영리한 여인이기도 했지만 왕실 가문에 대한 자부심도 드높아서, 항상 꼬리에 열두 개의 굴을 장식으로 달고 다녔다. 보통 귀족들은 여섯 개까지밖에 달 수가 없는데 말이다. 그 점 말고는 존경할 만한 여인이었다. 특히 손녀인 여섯 명의 어린 공주들을 지극한 사랑으로 키웠다. 여섯 공주들 모두 눈부시게 아름다웠다. 하지만 그중에서도 막내 인어 공주의 아름다움은 그 누구도 따라올 수 없었다. 막내 공주의 살결은 티한 점 없이 장미 꽃잎처럼 은은하고 여린 분홍빛이고, 눈동자는 그

누구도 보지 못한 깊은 바다처럼 짙은 푸른색이었다. 다른 인어들과 마찬가지로 막내 공주도 다리가 없었고, 몸통 아랫부분에는 물고기의 꼬리가 달려 있었다.

길고도 아름다운 하루 내내, 공주들은 궁전 지붕 아래의 커다란 홀에서 함께 어울려 놀았다. 홀의 벽에서는 진짜 꽃들이 피어났다. 호박으로 만들어진 커다란 창문을 열면 물고기들이 안으로 헤엄쳐 들어왔다. 우리가 창을 열 때 종종 제비들이 집 안으로 날아 들어오는 것과 같은 모양이었다. 다른 점이라면 물고기들은 겁먹지 않고 곧장 공주들을 향해 다가와 손바닥 위에 놓인 먹이를 먹으며, 공주들이 쓰다듬어 주는 손길을 가만히 즐긴다는 것이다.

궁전 앞마당에는 커다란 정원이 있었다. 거기에는 새빨갛고 검푸른 색의 나무들이 각각 자라나고 있었다. 나무에 매달린 열매는 황금빛으로 번쩍였고, 타오르는 불처럼 붉은 꽃들은 물살에 따라 줄기와 이파리가 쉴 새 없이 흔들렸다. 바다 밑의 바닥은 고운 모래 흙으로 덮여 있는데, 유황 불꽃처럼 푸른색을 띠었다. 이 모든 것들을 숨 막히게 아름다운 푸른색 광선이 지붕처럼 덮고 있었다. 아마도 우리 같은 보통 인간이 그곳에 간다면, 자신이 바다의 바닥에 서 있는 것이 아니라 창공에 드높이 떠 있는 것이라고, 그래서 머리 위를 보아도 발아래를 보아도 오직 푸른 하늘빛만이 가득 넘실거리는 것이라고 착각할 것이다. 바람이 불지 않아 수면이 고요한 순간이면 태양을 볼 수 있었다. 그곳에서 태양은 보랏빛 꽃처럼 보였다. 이 세상의 모든 빛이 그 꽃의 꽃술에서 흘러나오고 있었다.

어린 공주들에게는 정원에 저마다 자신의 공간이 있었다. 그곳에 각자 좋아하는 식물을 심고 원하는 모양으로 자기 정원을 가꾸었다. 한 공주는 꽃들이 고래 모양을 이루도록 화단을 만들었다. 다른 공주는 소녀 인어의 모습과 가깝게 화단을 꾸미는 것을 좋아했다. 하지만 막내 공주의 화단은 그냥 태양처럼 둥근 모습이었다. 그녀는 그곳에 오직 태양처럼 이글거리는 붉은 꽃만을 심었다. 막내 공주는 묘한 아이였다. 말이 없고 생각이 많았다. 다른 공주들이 난파된 배에서 발견한 이런저런 신기한 물건들을 잔뜩 가져와 정원을 꾸밀 때도 오직 저 머리 위에서 빛나는 태양을 닮은 새빨간 꽃과

대리석 조각상 하나만을 원했을 뿐이다. 배가 좌초되는 바람에 물 아래로 가라앉은 그 조각상은 눈부신 순백의 돌로 만든 잘생긴 소년의 형상이었다. 세워 둔 조각상 바로 곁에는 장미색 수양버들을 심었다. 수양버들은 무럭무럭 자라나 싱싱한 가지들을 조각상 위로 드리웠

고, 어떤 가지들은 푸른 모랫바닥에 닿을 정도였다. 푸른 모래 위에
서 수양버들의 그림자는 보랏빛으로 보였다. 가지가 흔들릴 때마
다 그림자도 따라서 같은 모양으로 흔들렸다. 그 모습은 마치 나무
의 우듬지와 뿌리가 서로 마주 보고 몸을 흔들면서 입을 맞추려는
것 같았다.

막내 공주는 위쪽 인간 세상 이야기를 무엇보다도 좋아했다. 할머니 인어가 해 주는 배 이야기, 도시 이야기, 인간들과 동물들 이야기는 아무리 들어도 결코 싫증 나지 않았다. 그중에서도 막내 공주가 가장 신비롭게 생각하는 것은 저 위 인간들의 땅에서는 꽃들이 향기를 풍긴다는 사실이다. 바다 밑의 꽃들은 향기가 없기 때문이다. 뿐만 아니라 숲은 초록색이고 그곳의 나무들 사이를 돌아다니는 물고기들은 크고 아름다운 소리로 노래를 불러서 듣는 이를 황홀하게 만들어 준다는 것이다. 물론 여기서 할머니 인어가 말한 '물고기'란 새들을 의미한다. 하지만 인어 공주들은 새를 한 번도 보지 못해 그 단어 자체를 알지 못하므로 물고기라고 돌려서 표현한 것이다.

할머니 인어가 말했다.

"너희도 열다섯 살이 되면 그때는 물 위로 올라가도 좋아. 달빛이 비치는 바위 위에 앉아서 지나가는 커다란 배들을 구경할 수 있는 것이지. 바닷가의 도시나 숲도 구경할 수 있고."

이듬해에 첫째 공주가 열다섯 살이 된다. 그러면 다른 공주들은? 공주들은 모두 한 살 터울이었으므로, 막내 공주가 열다섯 살이 되어 인간 세상을 구경하려면 5년을 더 기다려야만 했다. 공주들은 아래 동생들에게 약속했다. 자신이 바다 위로 올라간 첫날 본 것이 무엇인지, 무엇이 가장 아름답고 신기했는지 모두 들려주기로. 그

들의 호기심을 채우기에 할머니 인어의
설명만으로는 충분하지 않았다. 공주들
은 직접 자신의 눈으로 보고 확인하고 싶
은 것들이 무척이나 많았던 것이다.

그중에서도 육지의 세계를 가장 동경한 공주는, 가장 오래 기다
려야 할 뿐만 아니라 말은 없고 생각이 많은 막내였다. 밤마다 막
내 공주는 열린 창가에 서서 물고기들이 지느러미와 꼬리를 흔들
며 지나가는 검푸른 바닷물을 올려다보았다. 물을 통해서 비치는
달과 별은 너무도 희미했지만, 우리가 눈으로 보는 것보다 훨씬 더
크게 보였다. 그러다 간혹 검은색 구름 같은 커다란 형체가 달빛을
가리며 지나갔다. 그것은 고래이기도 했고, 혹은 많은 인간들을 태
우고 가는 배일 때도 있었다. 배에 탄 사람들은 바다 아래에서 작고
어여쁜 인어 공주가 자신들을 향해 하얀 손을 뻗고 있다는 사실을
꿈에도 생각하지 못했다.

마침내 열다섯 살이 된 첫째 공주가 수면으로 올라가도 좋다는
허락을 받았다.

그녀는 신기한 이야기보따리를 가득 안고 돌아왔다. 멋진 일이
참으로 많았지만 그중에서도 최고는, 달빛이 환하게 비치는 밤 고
요한 바다의 모래톱 위에 누워서 해안 가까이의 도시를 바라보는
것이라고 말했다. 불빛은 지상에 내려온 무수한 별처럼 아름답게

반짝였다. 음악 소리, 마차 소리, 인간들의 말소리가 들려왔다. 수많은 교회와 시계탑에서 종소리도 들려왔다. 그 신비한 소리들이 나는 곳으로 다가갈 수 없었기에, 그녀는 그런 소리들이 가장 그리우면서도 안타깝게 기억에 남는다고 했다.

아, 막내 공주는 숨소리도 죽여 가며 언니의 말에 귀를 기울였다. 그날 이후 저녁마다 막내 공주는 열린 창가에 서서 검푸른 물을 올려다보며 온갖 소리와 움직임으로 부산한 도시를 상상했다. 그러자 높이 솟은 교회 탑의 종소리가 귓가에 그대로 들리는 것만 같았다.

1년이 지나고 둘째 공주도 수면으로 올라가서, 원하는 곳 어디든지 헤엄쳐 갈 수 있게 되었다. 그녀가 수면 위로 머리를 내밀었을 때는 막 해가 지는 중이었다. 참으로 아름다운 광경이었다. 하늘 전체가 황금빛으로 물들었다고 공주는 말했다. 게다가 구름은 얼마나 놀랍고도 신비로운지, 도저히 말로 설명할 수가 없다는 것이다! 붉은색과 보라색으로 물든 구름들이 공주의 머리 위를 빠르게 지나갔다. 하지만 구름보다 더 빠르게, 마치 바람에 날리는 기나긴 하얀 베일처럼, 백조의 무리가 바다 위를 날아갔다. 그 뒤편으로 이글거리는 붉은 해가 가라앉고 있었다. 공주는 태양을 향해서 헤엄쳐 갔다. 그러나 태양은 수평선 아래로 완전히 몸을 감추었고, 바다 표면과 구름을 장밋빛으로 물들이던 광채도 사라져 버렸다.

　다음 해에는 셋째 공주가 물 위로 올라갔다. 셋째 공주는 자매들 중에서 가장 대담한 편이었다. 그녀는 용감하게도 바다로 흘러드는 강물을 거슬러 올라갔다. 강가에는 포도나무가 심어진 부드러운 초록 구릉지가 있었다. 울창한 숲을 하나씩 지날 때마다 성과 농가들이 나타났다. 숲에서는 새소리가 끊임없이 들려왔고 햇볕은 너무도 뜨거워서 공주는 여러 번 물속으로 들어가 달아오른 몸을 식혀야만 했다. 어느 조그만 강기슭에서 공주는 어린아이들 한 무리와 마주쳤다. 아이들은 발가벗은 채 물속으로 뛰어들어 신나게 물장구를 쳤다. 공주는 아이들과 함께 놀고 싶어서 다가갔지만 깜짝 놀란 아이들은 모두 도망쳐 버렸다. 잠시 후에 검은색의 작은 짐 승 한 마리가 나타났다. 그것은 개였다. 하지만 공주는 한 번도 개 를 본 적이 없었다. 개가 공주를 향해 사납게 짖어 댔으므로 겁이 난 공주는 힘껏 헤엄쳐서 바다로 달아났다. 그러나 아름다운 숲과 초록 언덕, 꼬리도 없으면서 물속에서 날렵하게 헤엄치던 귀여운 아이들의 모습을 도저히 잊을 수가 없었다.

넷째 공주는 그 정도로 용감하지는 못했다. 그녀는 바다 한가운 데에서 머물다가 돌아왔다. 자신은 그곳이 가장 좋았다면서 말이 다. 끝없는 망망대해의 사방 어디든지 볼 수 있고, 머리 위에 거대 한 유리 종 모양의 둥근 하늘이 펼쳐진다는 점에서는 그곳이나 다 른 곳이나 차이가 없었다. 지나가는 배를 구경하기도 했다. 하지만 멀리 떨어져 있었으므로 갈매기처럼 조그맣게 보일 뿐이었다. 또 장난꾸러기 돌고래들이 재주를 넘었고 덩치가 커다란 고래가 콧구 멍에서 엄청난 물줄기를 공중으로 쏘아 올렸다. 수백 개의 분수가 동시에 물을 뿜는 것만 같았다.

이제 다섯째 공주의 차례가 되었다. 그녀의 생일은 겨울이었기 때문에 다섯째 공주는 언니들이 보지 못했던 것을 볼 수 있었다. 바 다는 아주 짙은 초록색이었고, 사방에는 거대한 얼음덩이들이 둥 둥 떠다녔다. 얼음덩이 하나하나가 모두 진주처럼 신비롭고 아름 다운데, 크기는 얼마나 어마어마한지 인간들이 지어 올린 교회 종탑만큼이나 크다고 했다. 기묘한 모양의 얼음덩이들은 그 표면이 다이아몬드처럼 번쩍번쩍 빛이 났다. 공주는 그중 가장 큰 얼음덩이 위로 올라가 앉았다. 공주의 긴 머리카락이 바람에 날렸다. 놀란 뱃사람들은 겁을 먹고는 공주가 있는 얼음덩이를 멀찌감치 피해서 배를 몰았다. 해가 지자 하늘은 구름으로 덮이고 천둥과 번개가 쳤다. 높은 파도가 얼음덩이들을 위로 번쩍 들어 올렸고, 붉은 번갯불이 그 위에서 번쩍였다. 모든 배들은 돛을 거두었고, 선원들은 불안과 공포에 떨었다. 하지만 공주는 여전히 파도 한가운데의 얼음덩이 위에 태연하게 앉아 어둡게 빛나는 수면 위로 지그재그 모양의 푸른 번갯불 섬광이 떨어져 내리는 것을 보았다.

처음에 수면으로 올라갔을 때는 공주들 모두가 이처럼 저마다 독특한 경험을 하며 신기해하고 아름다운 광경에 감탄하곤 했다. 하지만 이제 나이가 차서 원할 때면 언제든지 바다 위를 구경할 수 있는 입장이 되니, 굳이 바다 위에 오래 있을 필요가 없었다. 위로 올라간다고 해도 얼른 다시 집으로 돌아가고 싶어졌다. 그렇게 한 달이 지나자 공주들은 바다 밑이 가장 아름다우며, 역시 세상에서 가장 편하고 좋은 곳은 집이라는 데 뜻을 모았다.

그래도 저녁이 되면 다섯 공주들은 손에 손을 잡고 물 위로 고개를 내밀곤 했다. 공주들의 목소리는 천상의 것처럼 신비롭고 아름다웠다. 그 어떤 인간도 흉내 내거나 따라올 수 없는 아름다움이었다. 폭풍우가 휘몰아치기 시작해 배가 난파할 것 같으면 다섯 공주들은 배 앞으로 헤엄쳐 가서 바다 밑의 아름다움을 칭송하는 노래를 불렀다. 그리고 뱃사람들에게, 물속에 가라앉는 것을 두려워하지 말라고 말을 걸었다. 그러나 뱃사람들은 인어의 말을 이해하지 못했고, 바람이 세차게 부는 소리일 거라 생각해 버렸다. 어차피 뱃사람들은 바닷속의 아름다움을 결코 볼 수 없었다. 배가 가라앉으면 인간들은 모두 익사해, 죽은 상태로 인어의 궁전에 떨어지기 때문이다.

공주들이 손을 잡고 바다 위로 올라가는 저녁이면, 막내 공주는 홀로 남아 언니들의 뒷모습을 지켜볼 뿐이었다. 보통의 소녀라면 눈물을 흘렸을지도 모른다. 그러나 인어에게는 눈물이 없었다. 울지 못하는 막내 공주의 슬픔은 더욱 깊었다.

막내 공주는 한숨을 쉬었다.

"아, 나도 얼른 열다섯 살이 되었으면. 그러면 저 위 세상과 거기에 집을 짓고 사는 인간들을 마음껏 좋아할 수 있을 텐데!"

시간이 흘러 마침내 막내 공주도 열다섯 살 생일을 맞았다. 할머니 인어가 대견한 듯 말했다.

"너도 어느새 이만큼 컸구나. 이리 오렴, 몸단장을 하자꾸나. 언니들처럼 너도 한껏 예쁘게 꾸미고 위로 올라가야지!"

할머니는 막내 공주의 머리에 흰 백합꽃 화관을 씌워 주었다. 일반 화관이 아니라 백합꽃 한 송이 한 송이가 반으로 자른 진주로 만들어진 화관이었다. 그리고 굴 여덟 개로 막내 공주의 꼬리를 장식했다. 그것은 고귀한 신분을 표시하기 위해서 반드시 필요했다.

"아파요!"

막내 공주는 얼굴을 찡그렸다.

"품위 있게 치장하려면 아픈 것도 참아야 해!"

할머니가 말했다. 정말이지 막내 공주는 이런 장식들을 전부 떼어 버리고 화관도 벗어 버리고 싶었다. 이런 화려한 것보다는 공주의 화단에 피어 있는 붉은 꽃 한 송이가 자신에게 훨씬 더 잘 어울릴 것 같았다. 하지만 공주는 차마 그렇게 말할 용기가 없었다.

"그럼 다녀올게요!"

인사를 마친 공주는 물방울처럼 가볍고 환한 표정으로 물 위를 향해 수직으로 올라갔다.

공주가 머리를 수면 밖으로 내밀었을 때는 해가 막 수평선 아래로 가라앉은 때였다. 하지만 아직 구름들의 테두리가 장밋빛과 금빛으로 반짝이고 있었고, 창백하고 불그스름한 하늘 한가운데에서 초저녁의 별이 아름답게 빛났다. 대기는 싱그럽고 온화했으며 바다는 유리처럼 잔잔했다. 바다 위에는 배 한 척이 떠 있었다. 원래는 돛대가 세 개이지만 바람이 거의 없는 저녁이라 한 개의 돛만 펼친 채였다. 배 위에는 선원들이 한가로이 앉아 있었다. 음악과 노랫소리가 들려왔다. 밤이 깊어 사위가 어두워지자 배에는 수백 가지 색의 등불들이 밝혀졌다. 타오르는 등불은 세계 각 나라의 국기가 갖가지 색채로 허공에서 나부끼는 것처럼 화려했다.

막내 공주는 선실 창문 아래로 가까이 다가갔다. 파도가 밀려와 공주의 몸을 들어 올릴 때마다, 그녀는 환한 유리창 안쪽을 들여다볼 수 있었다. 실내에는 멋지게 차려입은 한 무리의 사람들이 있었다. 그중에서도 유난히 돋보이는 인물은 젊은 왕자였다. 크고 검은 눈동자의 왕자는 열여섯 살보다 더 많아 보이지는 않았다. 그날이 바로 왕자의 생일이라 화려한 선상 파티가 열린 것이다. 선원들은 갑판 위에서 춤을 추었다. 젊은 왕자가 갑판으로 나오자 수백 개의 불꽃이 터지면서 밤하늘을 찬란하게 수놓았다. 어두운 바다가 갑자기 대낮처럼 환해졌으므로 깜짝 놀란 인어 공주는 물속으로 황급히 몸을 숨겼다. 하지만 호기심 때문에 금세 다시 물 위로 고개를 내밀었고, 마치 별똥별의 무리가 쏟아지듯이 머리 위로 무수한 불꽃 조각들이 떨어져 내리는 것을 보았다. 공주는 단 한 번도 그런 장면을 본 일이 없었다. 커다란 불덩어리가 빙글빙글 돌면서 푸른 대기 속으로 휙 날아올라, 무수한 불꽃 송이들로 터지면서 잔잔한 바다 표면을 환하게 밝혔다. 그 순간 배 위도 대낮인 양 환해져 작은 밧줄 하나도 모두 그대로 볼 수 있을 뿐 아니라 사람들의 얼굴 표정까지 섬광 속에서 생생하게 드러났다. 아, 젊은 왕자의 모습이 얼마나 황홀한지. 왕자는 사람들과 악수를 나누고, 웃고, 미소 짓고 있었다. 아름다운 음악이 울려 퍼지며 눈부신 밤을 더욱 감미롭게 만들었다.

시간이 얼마나 흘렀는지 모른다. 그러나 인어 공주는 왕자가 탄 배에서, 왕자의 얼굴에서 단 한순간도 시선을 돌릴 수가 없었다. 밤이 깊어지자 찬란하던 배의 오색 등불이 어느새 모두 꺼졌다. 불꽃놀이도 끝나고 축포 소리도 더 이상 들리지 않았지만 바닷속 깊은 곳에서는 둔중한 메아리가 웅웅거리며 울리고 있었다. 파도 위에 올라탄 인어 공주는 물살의 흐름에 따라 오르락내리락하며 계속해서 선실 안을 들여다보았다. 그런데 돛이 하나하나 펴지면서 배가 속력을 높였다. 파도가 거세지고 있었다. 커다란 먹구름이 몰려왔고, 먼 하늘에서 번갯불이 번쩍였다. 순식간에 무시무시한 태풍이 불기 시작했다. 선원들이 서둘러 돛을 거두었다. 바다는 사나운 맹수처럼 날뛰었고, 커다란 배는 나뭇잎처럼 사정없이 흔들렸다. 파도가 거대한 검은 산을 이루며 돛대를 부러뜨릴 듯이 달려들었다. 하지만 배는 매번 높은 파도 사이로 사라졌다가도, 다시 치솟는 물 위로 한 마리 백조처럼 모습을 드러내곤 했다. 인어 공주의 눈에는 배의 그런 움직임이 즐거운 놀이를 하는 것처럼 보였다. 그러나 선원들은 전혀 즐거워하지 않았다. 배는 삐걱거리며 몸을 뒤틀었다. 세찬 파도가 계속해서 옆구리를 때리는 바람에 배의 두꺼운 판자들이 휘어 버렸고 돛대 중간은 텅 빈 갈대처럼 힘없이 뚝 부러졌다. 배는 중심을 잃고 마구 흔들렸고 그사이 파도는 사정없이 뱃전으로 밀어닥쳤다.

그제야 인어 공주도 배가 위험에 처했음을 알았다. 그녀 자신도 배에서 떨어져 나와 파도에 마구 휩쓸리며 돌아다니는 나무판자와 기둥 등에 부딪히지 않도록 조심해야 하는 처지였다. 한순간 사방이 암흑 속에 잠겨 아무것도 보이지 않았지만, 다음 순간 번개가 번쩍여 왕자가 탄 배를 알아볼 수 있었다. 배에 탄 사람들은 모두 정신을 차리기 위해 안간힘을 쓰고 있었다. 하지만 공주의 시선은 미친 듯이 오직 한 사람, 왕자의 얼굴만을 찾았다. 왕자를 발견한 바로 그 순간, 공주의 눈앞에서 배가 두 조각으로 쩍 갈라졌고 왕자는 깊은 바닷속으로 가라앉고 말았다. 그 광경을 목격한 공주는 반사적으로 기쁨을 느꼈다. 왕자가 인어의 궁전으로 내려오게 되었으니 말이다. 하지만 곧 이어서, 인간은 물속에서 살 수 없으므로 왕자도 죽은 몸이 아니면 결코 인어의 궁전에 올 수 없다는 사실을 깨달았다. 그럴 수는 없었다. 왕자를 죽게 내버려 둘 수 없었다. 그녀는 물 위를 둥둥 떠다니는 나무판자와 기둥 사이를 마구 헤엄치며 왕자를 찾기 시작했다. 난파선의 잔해들이 인어 공주 자신을 찢어발길 수도 있었으나 공주의 머리에 그런 생각은 아예 떠오르지도 않았다. 물속으로 들어가서 살펴보다가 다시 물 위로 고개를 내밀

고 둘러보기를 몇 차례, 마침내 그녀는 왕자를 발견했다. 파도가 너무도 거센 나머지 왕자는 헤엄칠 엄두도 내지 못했고, 축 늘어진 팔다리에는 힘이 하나도 없었으며 두 눈은 감겨 있었다. 만약 그녀가 없었다면 왕자는 죽었을 것이다. 공주는 왕자의 머리를 물 위로 들어 올린 채, 파도의 움직임에 몸을 맡겼다.

　다음 날 아침, 폭풍우는 가라앉았지만 배는 흔적도 없이 사라져 버린 뒤였다. 붉은 태양이 높이 떠올라 잔잔한 수면을 비추었다. 그러자 마치 생명의 기운을 얻은 듯이, 왕자의 두 뺨에 장밋빛 홍조가 도는 것이었다. 하지만 여전히 두 눈은 감은 채였다. 인어 공주는 왕자의 넓고 아름다운 이마에 가만히 입을 맞추고 그의 젖은 머리칼을 손으로 쓸어 넘겼다. 가까이서 본 왕자의 얼굴은 바다 밑 자신의 정원에 가져다 놓은 대리석 조각상과 똑 닮아 있었다. 공주는 왕자의 얼굴에 다시 한 번 더 입 맞추었다. 제발 왕자가 깨어나기를, 그것 말고 공주가 바라는 것은 그 어떤 것도 없었다.

　인어 공주의 눈앞에 육지가 나타났다. 높고 푸른 산들이 보였다. 산꼭대기는 흰 눈으로 덮여 있어서 백조들이 앉아 있는 것만 같았다. 해안에는 싱그러운 초록 숲이 우거졌으며, 숲 앞쪽 바닷가에는 교회당 혹은 수도원이 있었다. 물론 인어 공주는 교회당이나 수도원을 몰랐지만, 그런 건물을 볼 수 있었다. 건물에 딸린 정원에는 레몬 나무와 오렌지 나무가 자라고 있고, 정원 문밖에는 키 큰 야자수들이 서 있었다. 그곳 해안은 바다가 육지를 향해 움푹 들어가 작은 만을 이루었고, 바다는 거울처럼 잔잔했으나 매우 깊었다. 해안의 바위들은 파도가 실어 온 곱고 흰 모래로 덮여 있었다. 인어 공주는 왕자를 바위 바로 아래까지 데려온 후, 모래 위에 눕혔다. 그리고 왕자의 얼굴이 따스한 햇볕을 충분히 받을 수 있도록, 태양을 향하는 방향으로 그의 자세를 잡아 주었다.

그때 크고 하얀 건물에서 종소리가 울리더니, 여러 명의 소녀들이 정원으로 나왔다. 인어 공주는 바다 위로 비죽 솟아난 큰 바위 뒤편으로 얼른 몸을 숨기고, 인간들이 자신을 알아볼 수 없게 파도의 거품으로 머리칼과 가슴을 가렸다. 그리고 누가 왕자의 곁으로 다가오는지 주의 깊게 살폈다.

얼마 지나지 않아 한 소녀가 왕자가 있는 쪽으로 걸어왔다. 정신을 잃고 누워 있는 왕자를 발견한 소녀는 소스라치게 놀랐지만 곧 침착을 되찾고 사람들을 불러왔다. 인어 공주는 왕자가 정신을 차리고 자신을 둘러싼 사람들에게 미소를 보내는 것을 보았다. 하지만 바위 뒤의 공주를 향해 미소 짓지는 않았다. 인어 공주가 자신을 구했음을 알지 못했기 때문이다. 사람들이 왕자를 큰 건물 안으로 데려가는 것을 확인한 후, 인어 공주는 슬픔을 느끼며 바닷속으로 들어가 아버지의 집인 인어의 궁전으로 향했다. 그녀의 가슴은 찢어지듯이 아팠다.

원래 인어 공주는 말이 없고 생각이 많은 아이였다. 하지만 이제 공주는 더더욱 말이 없어지고 더더욱 생각이 많아졌다. 언니들이 다가와서 바다 위 여행 첫날에 무엇을 보았느냐고 물었다. 그러나 그녀는 아무 말도 하지 않았다.

이후로도 여러 날 동안, 여러 번의 저녁과 여러 번의 아침에 인어 공주는 왕자를 데려다 놓았던 그 해변을 찾아갔다. 어느새 정원의 과일들이 무르익어 수확이 끝났고, 높은 산봉우리의 눈이 녹아버렸지만 왕자의 모습은 끝내 보이지 않았다. 그래서 인어 공주는 점점 더 슬프고 우울해진 마음을 안고 집으로 돌아올 수밖에 없었다. 공주의 유일한 위안은, 자신의 작은 정원에 앉아 왕자를 똑 닮은 아름다운 대리석 조각상을 두 팔로 껴안는 일이었다. 이제 인어 공주는 정원의 다른 꽃들을 돌보지 않았다. 마구 자라난 꽃들은 화단에 난 길을 무성하게 뒤덮었고, 줄기와 이파리로 나뭇가지까지 휘감는 바람에 인어 공주의 정원에는 어둡게 그늘이 졌다.

더 이상 마음의 아픔을 견딜 수 없었던 공주는 언니들 중 한 명에게 슬픔을 털어놓았다. 그리고 곧 언니들 모두가 막내 공주의 사연을 알게 되었다. 공주들 말고 이 사실을 아는 이는 그들과 가장 친한 두 명의 인어 친구들뿐이었다. 그 인어 친구들 중 한 명이 왕

자를 안다고 했다. 그녀 또한 왕자의 생일
날 밤에 화려한 선상 파티를 구경했다는 것이
다. 뿐만 아니라 그녀는 그가 어느 왕국의 왕자인
지, 그가 사는 궁전이 어디인지도 알고 있었다.

"막내야, 이리 오렴!"

언니들이 막내 공주를 불렀다. 그리고 자매들은 팔을 서로의 어
깨에 걸친 채 길게 줄을 지어 바다 위로 올라갔다. 그들이 머리를
내민 해안은 바로 왕자의 궁전이 있는 곳이었다.

궁전은 전체가 옅은 노란색으로 번쩍이는 석조 건물이었다. 커
다란 대리석 계단으로 외부와 연결되어 있었는데, 그중 한 계단은
바다로 곧장 이어지는 구조였다. 지붕 위로는 황금빛의 화려한 돔
이 솟아 있었다. 궁전 건물을 빙 둘러싸는 회랑의 기둥 사이사이에
는 살아 있는 것처럼 생생하게 묘사된 대리석 조각상들이 서 있었
다. 지붕에 가 닿을 정도로 높고 긴 유리창을 통해 호화롭게 꾸며진
홀이 들여다보였다. 값진 비단 커튼과 벽 장식이 풍성하게 늘어져
있고 사방의 벽마다 감상의 기쁨을 자아내는 커다란 그림들이 걸
려 있었다. 규모가 큰 홀 한가운데에서는 실내 분수가 물줄기를 뿜
어 올렸다. 그 물줄기는 유리 천장에 닿을 정도로 높이 솟아올랐다.
천장으로 스며든 찬란한 햇살이 분수의 물과 대형 화분에 담긴 식
물들을 눈부시게 비추었다.

이제 왕자가 사는 곳을 알게 된 인어 공주는 어두운 저녁이나 밤이 되면 왕자가 사는 궁전 근처의 해안가로 찾아갔다. 해안으로 이어진 좁은 운하를 거슬러 헤엄쳐서 물 위로 그림자를 드리우고 있는 궁전의 대리석 발코니 바로 아래에까지, 지금껏 그 어떤 용감한 인어가 한 것보다도 더욱 가까이 인간들의 세계로 다가간 것이다. 그리고 그곳에 앉아서 젊은 왕자를 남몰래 지켜보았다. 물론 홀로 달빛을 즐기고 있던 왕자는 자신 이외의 다른 누군가가 거기에 있다고는 전혀 상상하지 못했다.

왕자는 달 밝은 밤이면 잔잔한 음악이 울리는 가운데 물 위에서 보트 타기를 즐겼다. 그의 화려한 보트에는 갖가지 깃발이 휘날렸다. 공주는 초록 갈대들 사이에 숨어서 그것을 지켜보았다. 바람이 불어올 때마다 그녀의 긴 은백색 베일이 나부꼈다. 우연히 그것을 목격한 사람은 갈대 사이에서 백조가 날갯짓을 한다고 생각했다.

밤마다 물 위로 떠오른 공주는 등불을 들고 고기를 잡는 어부들이 왕자에 대해서 칭찬하는 소리를 많이 들었다. 그녀는 파도에 휩쓸리며 죽음 직전까지 갔던 왕자를 자신이 살려 냈다는 사실이 그래서 더더욱 기뻤다. 그때 의식을 잃은 왕자의 머리가 공주의 가슴에 완전히 밀착해 있었으며 공주가 왕자에게 남몰래 입 맞추었던 일을 떠올렸다. 그렇지만 왕자는 그 일을 전혀 알지 못했다. 단 한 번도, 꿈속에서라도 인어 공주를 생각하지 않았다.

인어 공주는 점점 더 인간에게 친근함과 애정을 느꼈고 그들과
더 가까이에 있기를 원했다. 인간들의 세상은 인어들의 왕국보다
훨씬 더 큰 것처럼 보였다. 그들은 배를 타고 바다 한가운데로 거침
없이 나올 수 있으며, 구름 위로 우뚝 솟은 높은 산봉우리도 올라갈
수 있었다. 인간들의 나라는 수많은 숲과 수많은 들판으로 끝없이
이어지면서, 눈으로 볼 수 있는 것보다 훨씬 더 멀리까지 뻗어 있었
다. 인간 세상에는 인어 공주가 알고 싶은 것이 무척이나 많았다. 하
지만 언니들의 대답만으로는 무한한 호기심이 결코 채워지지 않았
으므로, 그녀는 할머니를 찾아가 질문을 퍼부었다. 할머니는 바다
저 위의 육지인 인간 세계에 대해서 모르는 것이 없었기 때문이다.

"물에 빠져 죽지만 않는다면, 인간은 언젠가는 죽어야 하는 우리
인어와 달리 영원히 살 수 있는 존재인가요?"

인어 공주가 할머니에게 물었다.

"아니란다. 인간도 물론 죽지. 그들도 우리처럼 언젠가 죽어야 한
단다. 심지어 우리보다 훨씬 더 빠른 시기에 말이다. 인어들은 300
년을 살지만 삶을 마치고 나면 바다의 물거품이 되어 버리지. 그래
서 이곳 바다 밑에는 우리가 사랑한 다른 인어들의 무덤이 하나도
없는 거란다. 인어에게는 불멸의 영혼이 없기 때문이야. 우리들의
삶은 한번 가고 나면 두 번 다시 되돌아오지 않아. 우리들의 생애는
초록 갈대와 마찬가지야. 한번 베어져 나간 갈대가 다시 초록을 되

찾을 수 없는 것과 마찬가지이지! 하지만 인간은 좀 달라. 그들은 육신이 흙으로 돌아가 버린 다음에도 영혼이 남아서 영원을 살아간 단다. 죽음의 순간 영혼은 하늘로 올라가게 돼. 먼 하늘의 반짝이는 별들에게로 말이야! 마치 우리가 물 위로 떠올라서 인간의 세상을 바라보듯이, 그렇게 인간의 영혼은 미지의 수면으로 떠오르는 거야. 인어들은 결코 보지 못하는 그런 경이로운 수면 위로."

할머니는 대답했다.

"인어는 왜 불멸의 영혼을 갖지 못하는 건가요? 단 하루라도 인간으로 살 수만 있다면, 그래서 그들이 누리는 놀라운 세계를 함께 즐길 수만 있다면 나는 내 앞에 남은 생애 모두를 기꺼이 포기할 수 있는데!"

인어 공주는 슬픈 목소리로 말했다.

"그런 쓸데없는 생각을 하면 안 돼! 인어가 인간보다 훨씬 더 행복하다는 것을 알아야지!"

할머니가 공주를 타일렀다.

"하지만 그러면 나는 죽어서 바다의 물거품으로 사라져야 하잖아요. 파도의 노래를 들을 수도 없고 그토록 좋아하는 꽃들도 볼 수 없고, 게다가 해님도 볼 수 없고요! 할머니, 어떻게 하면 영원한 영혼을 얻을 수 있나요? 방법을 알고 싶어요!"

할머니는 단호하게 대답했다.

"그건 불가능해! 단 한 가지 방법이라면, 어떤 인간이 너를 지극히 사랑해서 그에게 네가 그의 아버지나 어머니보다도 더 큰 의미가 되고 오직 너만을 생각하고 너만을 사랑하는 거지. 그리하여 목사님 앞에서 그가 자신의 오른손으로 네 오른손을 잡고 지금, 그리고 앞으로도 영원히 너만을 사랑하겠노라고 맹세를 바칠 때, 그럴 때만이 그의 영혼이 네 안으로 스며들 수 있단다. 그러면 너는 인간의 행복을 공유할 수 있는 거야. 네게 영혼을 주더라도 그의 영혼은 그대로 남아 있으니까! 하지만 그런 일은 결코 일어나지 않아! 우리 인어들에게는 지극히 아름다운 징표인 이 꼬리를 저 위의 인간들은 무척 징그러워하니 말이다. 인간들은 절대 이해하지 못해. 그들은 꼬리 대신에 멋없는 막대기 두 개를 달고 다닌단다. 그걸 다리라고 부르면서 아름답다는 거야!"

인어 공주는 절망의 한숨을 내쉬며 슬픔이 그득 담긴 눈길로 자신의 꼬리를 내려다보았다.

"우울해할 필요는 조금도 없어. 우리는 300년이란 시간 동안 바다 밑에서 충분히 즐겁게 돌아다니고 활동할 수가 있잖아. 300년이란 정말로 긴 세월이야. 그 정도 살고 나면 누구든지 무덤 속이 더 편해지는 법이거든. 그러니 기분 풀어라. 게다가 오늘 밤에는 궁정 무도회도 예정되어 있잖니!"

할머니는 인어 공주를 위로했다. 인어들의 궁정 무도회는 인간 세상의 그것과는 비교할 수 없을 만큼 화려하고 호화스러웠다. 대형 무도회장의 벽과 천장은 모두 두꺼우면서도 맑고 투명한 유리로 되어 있었다. 장미꽃처럼 빨갛고 풀잎처럼 파란 수백 개의 거대한 조개껍질들이 홀의 양쪽에 줄지어 놓였고, 그것들에서 나온 푸른 불꽃이 홀 전체를 눈부시게 밝혔다. 홀의 유리 벽을 통해 번져 나간 그 빛은 바다 밑 전체를 환하게 만들 정도였다. 투명한 벽 너머로는 무수한 종류의 크고 작은 물고기들이 헤엄치는 모습을 관찰할 수 있었다. 비늘이 자줏빛으로 반짝이는 물고기, 몸통 전체가 금빛이나 은빛인 물고기도 있었다. 커다란 물살이 홀 한가운데를 관통하며 흘렀는데 그 위에서 남녀 인어들이 아름다운 노래에 맞추어 춤을 추었다. 인어들의 목소리는 인간들이 상상할 수 없을 만큼 황홀하고 고왔다. 특히 막내 인어 공주는 인어들 중에서도 빼어나게 아름다운 목소리를 타고났다. 인어 공주의 노래에 감동한 이들이 모두 갈채를 보냈다. 잠시 동안 인어 공주는 진심으로 즐거웠다. 그녀의 목소리는 정말로 바다 밑과 육지 전체를 통틀어 아무도 능가하지 못하는 최고의 아름다움이었기 때문이다.

그러나 즐거움도 잠시, 인어 공주는 어느새 저 위 인간 세상을 생각하고 있었다. 아름다운 왕자를 잊을 수 없었고, 왕자가 가진 불멸의 영혼을 자신은 가질 수 없다는 생각에 슬퍼졌다. 아무리 애써도 도저히 그 생각에서 벗어날 수가 없었다. 견디기 어려워진 인어 공주는 흥겹고 즐거운 음악이 흐르는 궁전을 살짝 빠져나와 자신의 작은 정원을 향했다. 그곳에서 그녀는 슬픔을 느끼며 홀로 앉아 있었다. 그때 저 멀리 물 위에서 은은한 나팔 소리가 울렸다. 공주는 생각했다.

'왕자님이 탄 배로구나. 내가 어머니나 아버지보다도 더욱 소중하게 여기는 분, 내 마음을 전부 가져가신 분, 내 삶의 모든 행복을 기꺼이 건네고 싶은 분. 그분을 얻을 수 있다면, 불멸의 영혼을 얻을 수 있다면 나는 뭐든지 다 할 텐데! 언니들은 아버지의 궁전 안에서 행복하게 춤추고 있지만 나는 그럴 수 없어. 바다의 마녀를 찾아가겠어. 항상 마녀를 무서워했지만 그녀라면 어떻게든 나를 도와줄 수 있을 거야!'

마음을 굳게 먹은 인어 공주는 정원을 나와 마녀가 사는 곳, 부글거리는 거품이 소용돌이치는 음침한 해역으로 헤엄쳐 갔다. 공주가 단 한 번도 가 본 적이 없는 길이었다. 그곳에는 꽃 한 송이도 피어 있지 않았고 너울거리는 해초도 없었으며 오직 황량한 회색 모래만이 소용돌이의 중심을 향해 길게 이어질 뿐이었다. 소용돌이는 미치광이 물레처럼 빠르게 빙글빙글 회전하면서 그 안으로 들어오는 것은 뭐든지 다 삼켜 버리려는 식인 괴물 같았다. 바로 그 사나운 소용돌이의 중심을 통과해야만 마녀의 구역으로 들어설 수 있었다. 그곳에는 한 갈래의 길만이 나 있는데, 부글거리며 끓는 흙

탕물로 덮인 그 길을 마녀는 '나의 진흙 수렁'이라고 불렀다.

길이 끝나는 지점의 기이하고 으스스한 숲 중앙에 마녀의 집이 있었다. 이곳 숲의 나무와 덤불은 사실 괴물 해파리들이었다. 반은 동물이고 반은 식물인 그것들은 머리가 수백 개 달린 뱀이 땅에서 솟아난 것 같았는데, 기다란 팔들은 끈적끈적하게 흐물거렸고 손가락은 벌레처럼 꿈틀거렸다. 뿌리부터 가지 끝까지 온통 흐느적대며 쉴 새 없이 징그럽게 움직였다. 그 움직임에 한번 걸려든 것은 무엇이든 두 번 다시 풀려날 수 없었다.

그 광경을 본 인어 공주는 너무도 두려운 나머지 숲으로 들어갈 엄두를 내지 못했다. 무서워서 심장이 터질 것만 같았다. 당장이라도 돌아서서 집으로 가고 싶었다. 그러나 그때 왕자의 얼굴이 떠올랐고 인간만이 갖고 있는 영혼이 생각났다. 그러자 공주는 용기가 생겼다. 그녀는 길게 휘날리는 머리카락이 꿈틀대는 해파리 촉수에 닿지 않도록 목덜미에서 단단히 묶고 두 손을 가슴에 꼭 모은 채, 한 마리 날렵한 물고기가 급류를 빠져나가듯이 그렇게 흉측한 해파리의 숲을 통과했다. 해파리들은 흐물거리는 팔과 손가락을 공주를 향해 뻗어 왔다. 빈손으로 있는 해파리들은 하나도 없었다. 모두 뭔가를 잡고 있었다. 수백 개의 팔들이 강철같이 단단한 힘으로 희생물을 움켜쥐고 영영 놓아주지 않았다. 배가 난파하여 죽은 인간이 해파리의 팔에 잡힌 채 하얀 해골이 되어 허공을 응시하고 있었다. 배에서 떨어져 나온 노와 나무 상자 등도 붙잡혀 있었다. 육지의 동물들도 보였다. 그중에서도 가장 끔찍했던 것은 해파리에게 잡혀 질식해 죽어 있는 한 소녀 인어였다.

이윽고 인어 공주는 숲 가운데 있는 미끈미끈한 바닥의 커다란 빈터에 도착했다. 아주 커다랗고 굵은 몸통의 물뱀들이 구역질 나는 누르스름한 배를 드러낸 자세로 여기저기 똬리를 틀고 있었다. 빈터 가운데에는 집 한 채가 있었다. 난파선 조난자들의 흰 뼈로 지은 집이었다. 그곳에 마녀가 앉아서 자신의 입속에 든 것을 꺼내 두꺼비에게 먹이는 중이었다. 마치 인간이 카나리아에게 각설탕을 먹이듯이 말이다. 마녀는 흉측한 물뱀들을 귀여운 병아리라고 부르며 자신의 물컹거리는 커다란 가슴 위에 칭칭 감아 돌아다니게 했다.

인어 공주를 보자마자 마녀가 말했다.

"네가 무엇 때문에 여기 왔는지 난 다 알고 있어! 정말 어리석기도 하지! 불행해질 줄 뻔히 알면서도 고집을 피우다니, 꼬마 공주님. 그래, 인어 꼬리를 없애고 인간들처럼 걸어 다니는 막대기를 갖고 싶은 거지? 젊은 왕자의 마음에 들려고 말이야. 왕자랑 결혼해서 얼마나 불멸의 영혼을 나누어 가지고 싶었으면!"

마녀는 이렇게 말하면서 어찌나 큰 소리로 소름 끼치게 웃었던지, 몸에 달라붙어 있던 두꺼비와 물뱀들이 바닥으로 털썩 떨어졌고 서로 뒤엉켜 꿈틀거렸다.

마녀는 흡족하게 덧붙였다.

"어쨌든 시기를 아주 잘 골라서 찾아왔어. 내일 아침 해가 뜬 다음부터는 꼬박 1년 동안 널 도와주지 못하거든. 지금 물약을 하나 만들어 주지. 내일 아침 해가 뜨기 전에 육지로 올라가서 그 약을 마셔. 그러면 꼬리가 사라져 버리고 그 자리에 인간들이 참으로 예쁘다고 생각하는 그런 다리가 돋아날 거야. 하지만 아주 아플 거야. 날카로운 칼날이 네 몸을 마구 쑤셔 대는 것처럼. 그래도 널 보는 사람들은 전부 황홀할 거야. 세상에서 가장 예쁘고 가장 매혹적인 아가씨가 될 테니까! 하늘거리는 너의 걸음걸이는 그 어떤 무희의 동작보나 더욱 아름다울 거야. 그러나 한 걸음 한 걸음 내디딜 때마다 너는 예리한 칼날 위를 걷는 아픔을 느껴야 해. 한 걸음 한 걸음 내디딜 때마다 너는 피를 흘려야 해. 이 모든 걸 다 견딜 수 있다면, 그러면 내가 널 도와주지."

"네, 견디겠어요."

인어 공주는 떨리는 목소리로 대답했다. 왕자와 불멸의 영혼을 생각하면서 엄습하는 공포심을 떨쳐 버리려고 애썼다.

마녀는 섬뜩한 눈길로 말을 이었다.

"하지만 절대 잊으면 안 되는 것이 있지. 일단 인간의 모습이 되고 나면, 두 번 다시는 인어로 되돌아올 수가 없어! 바다 밑 언니들과 아버지가 사는 궁전으로 영영 내려올 수 없다는 뜻이야. 그리고 왕자의 사랑을 얻는 데 실패한다면, 즉 왕자가 너를 아버지나 어머니보다도 더욱 사랑하여 목사님 앞에서 네 손을 잡지 않는다면, 그래서 너를 아내로 삼지 않는다면, 너는 절대 불멸의 영혼을 얻지 못해! 왕자가 다른 여자와 결혼식을 올리기라도 하면 바로 다음 날 해가 떠오름과 동시에 네 심장은 터져 버리고 말 거야. 그리고 넌 그대로 바다의 물거품이 되어 버릴 거고."

"그래도 인간이 되고 싶어요."

인어 공주는 대답했다. 하지만 그렇게 말하는 공주의 얼굴은 시체처럼 창백했다.

마녀는 계속해서 말했다.

"그뿐만이 아니야. 나에게 수고비도 줘야 해! 내가 요구하는 수고비는 결코 만만치 않아. 네 목소리는 세상에서 가장 아름답지. 아마도 넌 그 목소리로 왕자를 홀릴 궁리를 하고 있겠지만, 어림없어. 내가 수고비로 바라는 것이 바로 네 목소리이니까. 내 마법의 물약은 최고의 값어치가 있어. 그러니 그걸 원하는 자는 누구든지 자신이 가진 최고의 것을 내놓아야 하는 게 당연해! 물약을 만들려면 내 피도 섞어 넣어야 한다고! 그래야 양날의 칼처럼 효과가 정확하고 예리해지니까."

"하지만 내 목소리를 가져가 버리면, 그러면…… 내게 남는 건 뭔가요?"

창백하게 질린 공주가 물었다.

마녀가 씩 웃으면서 대답했다.

"매혹적인 몸이 남아 있지. 하늘거리는 걸음걸이, 사랑스러운 눈빛. 그것만 있으면 인간의 마음을 홀리기에 충분해. 그래, 용기가 사라졌어? 어서 혀를 내놓으라고. 내가 수고비로 네 혀를 잘라 가지면, 너는 효력 만점의 물약을 얻는 거야!"

"그렇게 할게요!"

인어 공주는 대답했다.

마녀는 물약을 끓일 솥을 화덕에 걸었다.

"뭐니 뭐니 해도 중요한 건 청결이지!"

마녀는 이렇게 중얼거리면서 물뱀을 행주처럼 둘둘 말아서 솥을 쓱 닦아 낸 다음 자신의 가슴을 드러내고는 직접 칼로 상처를 냈다. 시커먼 핏방울이 솥 안으로 뚝뚝 떨어져 내렸다. 뜨거워진 피에서 김이 기묘한 모양을 이루며 피어올랐다. 보고 있노라면 무섭기도 하고 불안해지기도 하는 형상이었다. 마녀는 솥 안으로 새로운 재료를 끊임없이 집어넣었다. 마침내 솥은 악어가 우는 듯한 소리를 냈고 물약이 부글부글 끓기 시작했다. 그렇게 완성된 물약은 신기하게도 깨끗한 물처럼 투명했다.

"자, 이게 네 물약이다!"

이렇게 말한 마녀는 인어 공주의 혓바닥을 싹둑 잘라 버렸다. 이

제 그녀는 벙어리가 되었다. 말을 할 수도 노래를 부를 수도 없게
된 것이다.

"돌아가는 길에 숲 속에서 해파리에게 붙잡히거든 이 물약을 한
방울 떨어뜨려. 그러면 촉수가 갈기갈기 찢어지고 말 테니까!"

마녀는 이렇게 일러 주었지만 인어 공주는 굳이 그렇게 할 필요
가 없었다. 공주의 손에서 먼 하늘의 별처럼 반짝이는 물약을 확인
한 순간, 놀란 해파리들이 자기들 스스로 팔을 거두었기 때문이다.

그래서 공주는 해파리의 숲과 진흙 수렁, 그리고 소용돌이치는 사나운 물살을 쉽게 빠져나올 수 있었다.

아버지의 궁전이 보였다. 무도회장을 밝히던 환한 불빛은 꺼졌다. 모두가 깊이 잠든 것이다. 그러나 인어 공주는 차마 궁전으로 들어갈 엄두를 내지 못했다. 이제 벙어리가 된 공주는 아버지의 집을 영영 떠날 각오를 했기 때문이다. 가슴이 찢어지듯이 아팠다. 그녀는 조심스레 정원으로 들어갔다. 언니들의 화단에서 꽃을 한 송이씩 꺾어 든 다음 궁전을 향해 수천 번의 입맞춤을 보냈다. 그러고는 검푸른 바다 위를 향해 수직으로 수직으로 헤엄쳐 올라갔다.

공주가 왕자의 궁전에 도착하여 웅장한 대리석 계단에 올라앉았을 때는 아직 해가 뜨기 전이었다. 신비로운 은색 달빛이 세상을 환하게 비추고 있었다. 공주는 온몸을 태워 버릴 듯이 독한 물약을 들이켰다. 고통은 너무도 심해서, 날카로운 양날의 칼이 공주의 여린 몸을 사정없이 난도질하는 것 같았다. 공주는 정신을 잃고 그 자리에 죽은 듯 쓰러졌다.

얼마나 시간이 지났을까. 바다 위로 떠오른 태양의 햇살을 느끼며 공주는 눈을 떴다. 온몸을 관통하는 아픔은 여전했으나, 그녀는 자신의 눈앞에 매혹적인 왕자가 서 있는 것을 보았다. 흑진주처럼 검디검은 왕자의 눈동자는 못 박힌 것처럼 인어 공주에게 고정되어 있었다. 부끄러워진 공주는 시선을 떨어뜨렸다. 그제야 그녀는

자신의 꼬리가 사라지고 그 자리에 눈부시게 하얗고 조각처럼 아
름다운 두 다리가 생긴 것을 알았다. 하지만 공주는 아무것도 걸치
지 않은 알몸이었다. 그래서 길고 탐스러운 머리카락으로 서둘러
자신의 몸을 가렸다.

왕자는 인어 공주에게 이름이 무엇인지, 어디에서 왔는지를 물었다. 인어 공주는 짙푸른 눈동자로 부드럽게, 그러나 밀려오는 슬픔의 빛은 감추지 못한 채 왕자를 가만히 바라볼 뿐, 한마디의 대답도 할 수 없었다. 왕자는 인어 공주의 손을 잡고 궁전으로 데리고 갔다. 마녀가 말한 것처럼, 공주는 한 걸음 한 걸음 디딜 때마다 날카로운 송곳이나 칼날 위를 걷는 것만 같았다. 그러나 공주는 기꺼이 그 아픔을 견뎌 냈다. 왕자의 손을 잡은 공주는 공기 방울처럼 하늘하늘하고 가벼운 걸음걸이로 계단을 올라갔다. 왕자뿐 아니라 궁전 사람들 모두가 인어 공주의 사뿐사뿐하고 사랑스러운 걸음걸이에 감탄하며 좀처럼 시선을 돌리지 못했다.

비단과 모슬린으로 지은 값진 드레스가 공주에게 입혀졌다. 인어 공주는 궁전에서 가장 아름다운 여인이었다. 하지만 공주는 벙어리였으므로 말을 할 수도, 노래를 부를 수도 없었다. 연회가 시작되었고 비단과 황금으로 치장한 어여쁜 시녀들이 왕자와 국왕 부부를 위해 천상의 목소리로 노래를 불렀다. 그중에서 유난히 목소리가 고운 한 시녀에게 왕자는 열렬히 박수와 미소를 보냈다. 자신의 목소리가 그보다 훨씬 더 아름다웠다는 것을 아는 인어 공주는 슬픔과 아쉬움에 가슴이 미어졌다.

'아, 내가 오직 왕자님과 함께 있고 싶다는 그 마음 하나 때문에 목소리를 영영 포기했다는 것을 알아주기만 한다면!'

감미로운 음악이 흘러나오자 시녀들은 나비처럼 가볍게 춤을 추었다. 인어 공주도 눈처럼 희고 아름다운 팔을 들어 올리고 발끝으로 서서 넓은 홀을 빙빙 돌면서 사뿐사뿐 춤을 추기 시작했다. 지금껏 어떤 여인도 그처럼 황홀한 춤을 보여 준 적이 없었다. 인어 공주의 작은 몸짓 하나하나가 모두 말로 묘사할 수 없는, 육체로 화한 아름다움 그 자체였다. 춤추는 그녀의 눈동자는 시녀들의 노래보다도 더더욱 깊이 사람의 마음을 끌어당겼다.

모든 사람이 감탄하고 감동했다. 그중에서도 그녀에게 가장 열렬히 사로잡힌 사람은 바로 왕자였다. 왕자는 인어 공주를 '나의 길 잃은 아이'라고 불렀다. 인어 공주는 계속해서 춤을 추었다. 발이 땅에 닿을 때마다 날카로운 칼끝이 발바닥 깊숙이 푹 박히는 듯한 통증에 속으로 몸서리쳤지만 결코 멈추지 않았다. 왕자는 공주를 한시도 자신의 곁에서 떨어지지 못하게 했다. 심지어 밤에도 공주가 자신의 침실 문 앞 비단 쿠션 위에서 잠을 자도록 했다.

왕자는 인어 공주에게 남자 의상을 지어 주었다. 그래서 왕자가 말을 타고 나갈 때 그녀도 동행할 수 있었다. 그들은 말을 타고 짙은 나무 향기 가득한 숲을 지나갔다. 초록 가지들이 공주의 어깨를 건드렸고 싱그러운 나뭇잎 사이에서는 새들이 노래를 불렀다. 인어 공주는 왕자와 함께 높은 산 위도 올랐다. 공주의 연약한 발에서 피가 철철 흘러 다른 사람들도 알아차릴 정도였으나 그녀는 즐겁게 웃으면서 왕자의 뒤를 따라갔다. 높은 산꼭대기에 다다르자 새 떼처럼 무리를 이룬 구름이 공주의 발아래를 지나 머나먼 낯선 나라로 흘러가고 있었다.

왕자의 궁전에 밤이 깊어 모든 이들이 깊이 잠들면 인어 공주는 바다로 향하는 웅장한 대리석 계단을 내려가, 차가운 바닷물 속에 서서 통증으로 화끈거리는 발을 식혔다. 그러고는 저 깊은 바닷속 인어들의 세계를 생각했다.

어느 날 밤, 언니들이 손에 손을 잡고 물 위로 헤엄쳐 올라와 구슬프고 비통한 노래를 불렀다. 인어 공주가 그들을 향해 손을 흔들자 언니들은 막내를 알아보고 다가왔다. 그리고 인어 공주가 떠나버린 후 모두가 크나큰 슬픔에 잠겨 있다고 말했다. 그날 이후 매일 밤 언니들이 인어 공주를 찾아왔다. 심지어 어느 날 밤에는 저 멀리서 떠 있는 할머니를 보기도 했다. 인어 공주는 놀랐다. 할머니가 물 위로 올라오는 일은 한 번도 없었기 때문이다. 뿐만 아니라 왕관을 쓴 아버지도 함께였다. 할머니와 아버지는 인어 공주를 향해 손을 뻗었으나, 언니들처럼 육지 가까이로 다가올 엄두는 내지 못했다.

날이 갈수록 왕자는 인어 공주를 더 좋아하게 되었다. 그는 정말로 인어 공주를 사랑했으나 그것은 사랑스러운 어린아이를 대하는 애정일 뿐이었다. 인어 공주를 신부로 맞이하겠다는 생각은 꿈에도 하지 않았다. 하지만 인어 공주는 왕자의 신부가 되어야만 했다. 그러지 않으면 불멸의 영혼을 얻지 못하고, 왕자의 결혼식 다음 날 아침 물거품으로 사라져 버릴 운명이었다.

'왕자님, 당신이 가장 사랑하는 사람이 제가 아닌가요?'

왕자가 인어 공주를 품에 안고 이마에 입맞춤을 할 때면 인어 공주의 눈동자는 이렇게 묻는 것 같았다.

왕자는 말했다.

"내가 가장 사랑하는 사람은 바로 너야. 너는 이 세상 누구보다 훌륭한 마음을 가졌으니까. 나를 제일 많이 사랑해 주는 사람이기도 하고. 그리고 무엇보다도 내가 오래전에 만났던 소녀, 하지만 이후로 다시는 볼 수 없었던 그 소녀를 아주 많이 닮았어. 그날 내가 탄 배가 가라앉고 말았지. 나는 파도에 떠밀려 어느 해안으로 흘러갔는데, 근처에는 소녀들의 수도원이 있었어. 거기서 가장 어린 소녀가 바닷가에 쓰러진 나를 발견하고는 구해 준 거야. 나는 그녀를 단 두 번 본 것이 전부이지만, 그 소녀야말로 내가 사랑할 수 있는 유일한 사람임을 알 수 있었어. 그런데 신기하게도 네가 그 소녀를 꼭 닮았어. 마치 내가 마음속에 간직한 그 소녀의 이미지를 그대로 형상으로 빚어 놓은 듯해. 내가 그리워하는 그녀는 안타깝게도 수도원에서 지내는 몸이란다. 그렇지만 운명이 너를 대신 내게로 보내 주었어. 얼마나 큰 행운인지. 그러니 우리는 영원

히 떨어지면 안 돼!"

'아, 왕자님은 자신의 목숨을 구한 사람이 나라는 사실을 까맣게 모르고 있어!'

인어 공주는 절망감에 가슴이 무너져 내렸다.

'내가 왕자님을 안고 헤엄쳐 수도원이 있는 바닷가의 숲으로 데려다주었는데. 그리고 파도 뒤에 숨어서 사람이 오기를 기다렸는데. 지금 왕자님이 나보다 더욱 사랑하는 그 소녀가 다가오는 것도 내가 다 지켜보았는데!'

인어 공주는 깊은 슬픔에도 불구하고 눈물을 흘릴 수가 없었다. 다만 크게 한숨을 쉴 뿐이었다.

'그 소녀는 수도원에서 지낸다고 왕자님이 말했어. 그렇다면 영영 속세로 나오지 않을 테니 왕자님이 그녀를 만날 일은 두 번 다시 없겠지. 하지만 나는 지금 왕자님 곁에 있고 그를 매일매일 볼 수 있어. 내가 왕자님을 돌봐 드릴 거야. 왕자님을 사랑할 거고, 그에게 내 인생을 모두 바칠 거야!'

그즈음에 소문이 돌기 시작했다.

"왕자님이 결혼을 하신다네, 그것도 이웃 나라의 아름다운 공주님과 말이야! 그래서 그토록 화려한 배를 마련하신 거래. 이웃 나라를 방문하셔야 하니까. 수행단 규모도 어마어마할 거래."

사람들이 모두 이렇게 말했으나 인어 공주는 웃으면서 고개를 저었다. 그럴 리가 없었다. 왕자의 마음을 가장 잘 알고 있는 사람은 다름 아닌 인어 공주였기 때문이다.

어느 날 왕자가 인어 공주에게 말했다.

"여행을 떠나야 해. 이웃 나라의 공주를 만나러 말이야. 부모님이 그렇게 하라고 하시니 별수가 없어. 하지만 아무리 부모님이라도 이웃 나라 공주와 결혼해서 이 나라로 데려오라고 강요하지는 못해. 나는 그녀를 사랑할 수 없으니까! 이웃 나라 공주가 너나 수도원의 그 소녀를 닮았을 리가 없잖아. 만약 언젠가 결혼을 해야 한다면 내 신부가 될 사람은 오직 너 하나뿐이야. 말 못 하는 내 길 잃은 아이, 눈으로 모든 걸 말하는 너뿐이야!"

왕자는 인어 공주의 붉은 입술에 입을 맞추었고, 공주의 긴 머리카락을 만지면서 그녀의 가슴에 머리를 기댔다. 그러자 인어 공주의 심장은 기쁨으로 요동쳤고, 그녀는 인간의 행복 그리고 인간만이 갖는 불멸의 영혼을 꿈꾸었다.

"길 잃은 아이야, 너 바다가 무서운 건 아니지?"

그들이 함께 이웃 나라로 향하는 호화로운 배 위에 올랐을 때 왕자는 인어 공주에게 물었다. 그리고 폭풍우 치는 사나운 바다와 거울같이 고요한 바다에 대해서 자세히 설명해 주었다. 바다 깊은 곳에 사는 신기한 물고기들에 대해서, 심해 잠수부들이 목격한 것들에 대해서도 이야기했다. 왕자가 열심히 말하는 동안 인어 공주는 잔잔한 미소를 띠면서 듣고 있었다. 바다 밑 세계에 관해서는 그 어떤 인간보다도 훨씬 더 많이 알고 있었기 때문이다.

달빛이 환한 깊은 밤, 조타수 한 명을 제외하고는 배 위의 모든 사람이 잠들어 있을 때 인어 공주는 갑판 위 난간에 앉아 투명한 바닷물을 오래오래 들여다보았다. 그러면 정말로 바다 저 깊은 곳 아버지의 궁전이 보이는 것만 같았다. 그곳에서 머리에 은색 왕관을 쓴 할머니가 인어 공주의 배가 만들어 내는 거센 소용돌이를 올려다보며 서 있었다. 그때 언니들이 물 위로 올라왔다. 언니들은 걱정스러운 나머지 흰 손을 모은 채 근심 어린 눈길로 막내 공주를 바라보았다. 공주는 언니들에게 손을 흔들며 미소를 보냈다. 그리고 자신은 행복하게 잘 지내니 너무 걱정 말라는 말을 전하려 했다. 그런데 바로 그때 배의 심부름꾼 소년이 인어 공주에게 다가와 언니들은 금세 물속으로 모습을 감추어 버렸다. 소년은 자신이 방금 눈앞에서 본 하얀 물체가 파도 때문에 생긴 물보라일 거라고 생각했다.

다음 날 아침, 왕자 일행의 배는 이웃 나라의 항구로 들어섰다. 종들이 일제히 울렸고 높은 탑 위에서는 환영의 나팔 소리가 퍼졌다. 번쩍이는 총검을 든 군대가 깃발을 휘날리며 도열해 있었다. 매일매일 성대한 연회가 열렸다. 무도회와 만찬회가 이어졌다. 하지만 이 나라 공주의 얼굴은 어디에도 보이지 않았다. 그녀는 도심에서 멀리 떨어진 어느 외딴 수도원에서 지낸다고 했다. 미래의 왕비가 되기 위한 덕성과 교양을 쌓고 있다는 것이다. 그러던 어느 날 드디어 공주가 수도원에서 돌아왔다는 소식이 들렸다.

인어 공주는 이웃 나라 공주가 얼마나 아름다운지 눈으로 확인하고 싶어서 참을 수가 없었다. 마침내 그녀를 직접 눈으로 본 후에는 그 아름다움과 기품을 인정할 수밖에 없었다. 이웃 나라 공주는 인어 공주가 보았던 그 어떤 여인보다도 고상하고 우아했다. 살결이 얼마나 고운지 분홍빛 장미 이파리 같았으며 길고 짙은 속눈썹에 둘러싸여 미소 짓는 눈은 검은색에 가까운 짙푸른 색이었다. 그 순수하고 진실한 눈빛이란!

"당신이 바로 그 소녀로군요! 바닷가에 죽은 듯이 쓰러져 있던 나를 구해 준 생명의 은인이 바로 당신이었어!"

왕자는 기쁨에 차서 소리쳤다. 그리고 수줍음으로 얼굴이 빨개진 신부를 가슴에 꼭 끌어안았다. 들뜬 왕자는 인어 공주를 보면서 말했다.

"아, 이렇게 크나큰 행운이 있다니! 내 일생의 가장 큰 소원이 지금 이루어졌어. 너무 간절한 나머지 이뤄질 거라고는 감히 상상도 못 했던 일이야. 나의 이 행복을 너도 함께 기뻐해 주겠지? 너는 세상에서 나를 가장 사랑해 주는 사람이잖아!"

인어 공주는 왕자의 손등에 입을 맞추었다. 그리고 자신의 심장이 이미 깨어지기 시작했음을 느꼈다. 이제 왕자가 결혼식을 올리

는 다음 날 아침, 인어 공주는 죽음을 맞게 될 것이다. 인어 공주는
바다의 물거품으로 사라져 버릴 것이다.

도시의 종들이 일제히 울렸고 궁정 전령관들이 거리마다 다니
며 큰 소리로 결혼을 예고했다. 도시의 모든 제단에서 값진 은 램프
에 태우는 기름 향기가 은은하게 퍼졌다. 결혼식 날 성직자는 향료
가 담긴 통을 흔들었고 손을 맞잡은 신랑과 신부는 주교로부터 직
접 축복을 받았다. 황금과 비단으로 잔뜩 꾸민 인어 공주는 그 곁에
서 신부의 드레스 자락을 들고 서 있었다. 그러나 흥겨운 축제의 음
악도 인어 공주의 귀에는 들리지 않았고, 성스러운 결혼식 풍경도
눈에 전혀 들어오지 않았다. 오직 한 가지, 이 밤이 지나면 닥쳐올
자신의 죽음만 떠오를 뿐이었다. 이 세상에서 이루지 못했던 안타
까운 소원들만 생각날 뿐이었다.

그날 저녁, 신랑과 신부는 왕자의 배에 올랐다. 축포가 터지고
수많은 깃발이 휘날렸다. 갑판 한가운데에는 금색과 보라색으로
꾸며진 왕실 천막이 자리 잡았고 그곳에는 호사스러운 침대가 놓
였다. 갓 결혼한 신랑 신부는 배 위에서 시원하고 조용하게 첫날밤
을 맞을 예정이었다.

바람을 맞은 돛이 한껏 부풀었다. 배는 단 한 번의 흔들림도 없
이 잔잔한 바다를 향해 미끄러지듯 나아갔다.

어두워지자 선원들이 갑판에 색색의 등불을 밝혔다. 그리고 배

안의 모든 사람들이 즐겁게 춤을 추었다. 그 광경은 인어 공주가 처음으로 물 위로 올라오던 날, 배 위에서 화려한 파티가 열렸던 왕자의 생일날 밤을 떠올리게 했다. 지금 인어 공주는 그들과 어울려서 함께 춤을 추고 있다. 아리따운 자태로 빙글빙글 돌고, 독수리에게 쫓기는 제비처럼 날렵하게 몸을 움직였다. 모두들 인어 공주의 춤을 감탄하면서 지켜보았다. 그녀의 춤은 그 어느 날보다도 더욱 아름다웠다. 늘 그랬듯이 연한 발바닥이 날카로운 칼에 베이는 듯 쓰리고 아팠으나 인어 공주는 그것을 느끼지 못했다. 심장이 더 고통스럽게 난도질당하고 있었기 때문이다.

그날은 인어 공주가 왕자를 볼 수 있는 마지막 밤이었다. 가족을 버리고 고향을 떠나게 만든 사람, 세상에 둘도 없이 곱디고운 목소리를 포기하게 만든 사람, 매일매일 살이 찢어지는 고통을 기꺼이 감내하도록 만든 사람, 그리고 이 모든 사실을 아무것도 모르며 앞으로도 영영 모를 그 사람을. 그날은 공주가 숨을 쉬는 마지막 밤이기도 했다. 왕자와 같은 공기를 호흡할 수 있는 마지막 밤이며 깊고 푸른 바다와 별들이 반짝이는 밤하늘을 바라볼 수 있는 마지막 밤이었다. 아무런 생각도 없고 꿈도 없는 영원한 밤이, 영혼이 없으며 영혼을 얻지도 못할 그녀를 기다리고 있었다. 선상 파티는 밤늦도록 이어졌다. 어디를 보아도 흥겨움과 유쾌함이 넘쳤다. 죽음에 대한 생각만이 가득한 인어 공주도 함께 어울리며 웃으면서 춤을 추었다. 왕자는 사랑스러운 신부에게 입을 맞추었고 신부는 왕자의 검은 머리를 다정하게 쓰다듬었다. 그리고 그들은 서로 팔짱을 낀 채 잠자리가 마련된 화려한 천막 속으로 들어갔다.

밤늦게까지 이어진 파티가 끝나자 사람들은 잠이 들었고 배는 조용해졌다. 갑판 위에는 조타수 한 명만이 서 있었다. 인어 공주는 흰 팔을 난간에 걸치고 불그스름하게 동이 터 오는 동녘 하늘을 응시했다. 이제 첫 햇살이 천지를 비추는 순간, 공주는 죽게 될 터였다. 그런데 갑자기 바다 위에서 언니들의 모습이 보였다. 언니들의 얼굴은 인어 공주와 마찬가지로 핏기 없이 창백했고 바람에 날리는 탐스러운 긴 머리카락도 보이지 않았다. 언니들 모두 머리를 짧게 자른 모습이었다.

"우리는 마녀에게 머리카락을 잘라 바쳤단다. 네가 오늘 밤 죽지 않도록 말이야! 자, 받아! 마녀가 준 칼이야. 날이 무섭도록 예리하지? 넌 이 칼로 태양이 떠오르기 전에 왕자의 심장을 찔러야 해. 그의 가슴에서 따뜻한 피가 흘러나와 네 발을 적시면, 넌 예전처럼 인어의 꼬리를 가질 수 있어. 다시 인어가 되는 거라고. 그러면 너는 바닷속으로 돌아올 수 있고 300년을 살게 되는 거야. 나중에 바다의 물거품으로 변하기 전까지 말이야. 그러니 어서 서둘러! 선택의 여지가 없어. 해가 뜨기 전에 왕자가 죽지 않으면 네가 죽어야만 해! 할머니가 얼마나 슬퍼하고 계시는 줄 알아? 그사이에 머리카락이 온통 빠지시고 말았어. 우리들 머리카락이 마녀의 가위질에 몽땅 잘려 나갔듯이. 그러니 왕자를 죽이고 돌아오렴! 어서! 수평선에 벌써 붉은 띠가 올라오고 있어! 앞으로 몇 분 뒤면 해가 떠오를 거야. 머뭇거리다가는 네가 죽는단 말이야!"

그리고 언니들은 기묘하고도 깊은 탄식 소리를 내며 파도 속으로 사라져 버렸다.

인어 공주는 왕자의 천막으로 다가가 보라색 커튼을 젖혔다. 신부가 왕자의 가슴에 머리를 기댄 자세로 깊이 잠들어 있었다. 인어 공주는 허리를 굽혀 왕자의 아름다운 이마에 입술을 살며시 대었다. 하늘은 점점 더 환해지고 아침노을의 붉은 기운이 더욱 짙어졌다. 인어 공주는 언니들이 주고 간 칼을 손에 쥐고서 물끄러미 바라보다가 다시 왕자의 얼굴로 시선을 돌렸다. 달콤한 꿈속을 헤매는 왕자의 입에서는 신부의 이름이 흘러나왔다. 왕자는 오직 사랑스러운 신부만을 생각하고 있는 것이다. 인어 공주의 손에 들린 마녀의 칼이 부르르 떨렸다. 그러나 곧 그녀는 칼을 멀리 바다 위로 던

져 버렸다. 칼이 물속으로 사라지자 그 자리는 금세 새빨갛게 물들었다. 마치 바다가 피를 흘리는 것만 같았다. 인어 공주는 절망의 눈길로 왕자에게 마지막 시선을 보낸 후, 갑판으로 나와 바다를 향해 몸을 던졌다. 이미 공주의 몸은 물거품으로 변하는 중이었다.

바다 위로 서서히 해가 떠올랐다. 싸늘하게 차가운 물거품 위로 부드럽고 따스한 햇살이 쏟아졌다. 인어 공주는 죽음을 느끼지 못했다. 환하게 빛나는 태양을 보았고 자신의 머리 위로 수백 개의 투명하고 사랑스러운 것들이 둥실둥실 날고 있는 것을 보았다. 그 뒤편으로 흰 돛을 단 왕자의 배와 아침 하늘에 떠 있는 붉은 구름도 보았다. 떠다니는 투명한 것들은 음악처럼 고운 소리를 냈다. 하지만 그것은 천상의 음악이라 인간의 귀는 그 소리를 들을 수 없었다. 마찬가지로 인간의 눈은 그들을 보지 못했다. 요정들은 공기처럼 가벼웠으므로 날개 없이 허공을 떠다녔다. 인어 공주는 자신도 그들과 같은 몸이 되었음을 알아차렸다. 그녀는 거품으로부터 벗어나 점점 더 공중으로 날아올랐다.

"나는 어디로 가고 있나요?"

인어 공주가 물었다. 그녀의 목소리는 다른 요정들과 마찬가지로 한 줌의 공기가 떨리는 것만 같았고, 인간들의 음악은 결코 흉내 낼 수 없이 아름다웠다.

요정들이 대답했다.

　"공기의 요정들이 있는 곳이요! 인어에게는 불멸의 영혼이 없어요. 그래서 불멸의 영혼을 가지려면 인간의 사랑을 얻어야만 해요. 인어에게 영원한 삶이란 그렇듯 타인의 의지에 따라 좌우되지요. 물론 공기의 요정도 불멸의 영혼을 갖지 못한답니다. 하지만 스스로의 선행 여부에 따라서 불멸의 영혼을 획득할 수가 있어요. 지금 우리는 더운 나라로 날아가는 중이랍니다. 그런 곳에는 전염병을 일으키는 미지근한 공기가 창궐해요. 그래서 사람들이 쉽게 열

병에 걸려 죽어 가죠. 그곳에서 우리는 신선한 바람으로 후덥지근한 대기를 식혀 준답니다. 꽃향기를 싣고 가서 쇠약한 사람들에게 상쾌함과 활력을 선사하지요. 이렇게 300년 동안 좋은 일을 하기 위해서 힘닿는 만큼 노력한다면, 우리는 불멸의 영혼을 얻을 수 있어요. 인간들의 영원한 삶을 나누게 되는 거지요. 가엾은 인어 공주님, 당신도 우리처럼 온 마음을 다하여 원하는 것을 얻으려고 간절히 바라고 노력했지요. 수많은 고통을 이겨 내고 오랜 시간을 참고 또 참았어요. 그래서 공기의 요정들이 있는 세계로 오게 된 거예요. 이제 당신은 선행을 실행하기만 하면 됩니다. 그러면 300년 뒤에는 스스로의 힘으로 불멸의 영혼을 얻을 수 있어요."

인어 공주는 태양을 향해 자신의 투명한 팔을 들어 올렸다. 그녀의 눈에서는 생애 처음으로 눈물이 흘러나왔다.

그사이 왕자의 배에서는 사람들이 잠에서 깨어났고 다시 부산한 하루가 시작되었다. 왕자가 사랑스러운 신부와 함께 인어 공주를 찾아다니는 것이 보였다. 그들은 비통한 얼굴로 파도 위를 둥둥 떠다니는 물거품을 바라보고 있었다. 인어 공주가 바다로 뛰어든 사실을 알아차린 것만 같았다. 인어 공주는 신부의 이마에 살짝 입맞춤을 했다. 보이지 않는 입맞춤이었다. 왕자를 향해 작별의 미소를 짓고는 공기의 요정들과 함께 허공으로 날아올라 장밋빛 구름이 흘러가는 곳까지 올라갔다.

한 요정이 속삭였다.

"300년 뒤에는 우리도 천국에서 살 수 있겠군요!"

그러자 다른 요정이 말했다.

"더 이른 시기에 그렇게 될 수도 있답니다. 우리는 인간 아이들이 사는 집들을 보이지 않게 날아다니지요. 그러다 부모님을 기쁘게 하고 부모님의 사랑을 받는 선량하고 착한 아이를 발견하면 그때마다 신은 우리에게 부과된 유예 기간을 단축해 준답니다. 아이들은 우리가 집 안을 날아다닌다는 것을 알지 못해요. 착한 아이를 발견한 우리가 기뻐서 미소를 한 번씩 지을 때마다, 300년의 시간 중에서 1년씩 줄어들어요. 하지만 반대로 버릇없고 나쁜 아이를 만나게 되면 우리 눈에서는 슬픔의 눈물이 흘러내려요. 우리가 흘리는 눈물 한 방울 한 방울이 그대로 하루가 되어 300년의 시간에 더해진답니다."

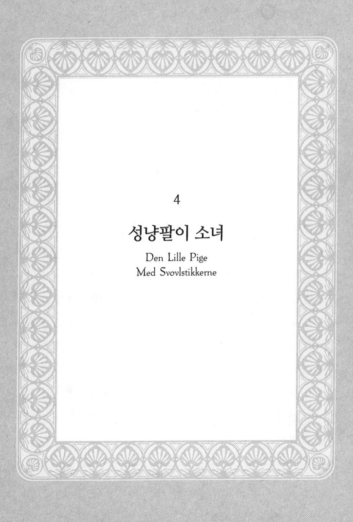

4

성냥팔이 소녀

Den Lille Pige
Med Svovlstikkerne

칼바람이 부는 거리는 매섭도록 추웠다. 눈이 내렸고, 거리에는 어둠이 깔리기 시작했다. 한 해의 마지막 날이 저물어 가는 시간이었다. 이런 지독한 추위 속에서 한 소녀가 어두운 거리를 서성이고 있었다. 불쌍하게도 아이는 머리에 모자도 쓰지 않았고 맨발인 상태였다. 아, 물론 아침에 집에서 나올 때는 슬리퍼를 신고 있었다. 하지만 이런 추운 날씨에 슬리퍼가 얼마나 도움이 되었겠는가! 게다가 돌아가신 어머니가 신던 신발이라서 너무도 컸다. 소녀가 길을 건너려는데 두 대의 마차가 질풍처럼 빠른 속도로 달려왔고, 그걸 피하려고 허둥대다가 슬리퍼가 그만 발에서 벗겨지고 말았다. 슬리퍼 한 짝은 어디로 날아갔는지 영영 발견하지 못했고 다른 한 짝은 어떤 소년이 들고 달아나 버렸다. 소년은 나중에 자신에게 아이가 생기면 그것을 요람으로 쓸 거라고 했다.

그래서 소녀는 울긋불긋 얼어붙고 부은 맨발로 거리를 헤매게 되었다. 소녀의 낡아 빠진 앞치마 주머니에는 성냥이 가득 들어 있었다. 뿐만 아니라 손에도 한 움큼 쥐어져 있었다. 그날 하루 종일 소녀는 단 한 개비의 성냥도 팔지 못했다. 하루 종일 단 한 푼도 벌지 못한 것이다. 허기진 배를 움켜잡고 추위에 떨면서 소녀는 계속해서 걸었다. 기가 죽고 잔뜩 움츠러든 소녀는 참으로 가련했다! 눈송이가 소녀의 긴 금발 위로 떨어졌다. 목덜미에서 아주 예쁘게 돌돌 말린 머리였다. 하지만 소녀는 외모 따위에 신경을 쓸 겨를이 없었다. 집집마다 창문을 통해 따스한 불빛이 흘러나왔고, 군침 도는 거위구이 냄새가 거리까지 풍겨 나왔다. '그래, 오늘은 올해의 마지막 날이지' 하고 소녀는 문득 떠올렸다.

집과 집 사이 좁은 모퉁이에 소녀는 웅크리고 앉았다. 집 한 채가 옆집보다 조금 더 거리를 향해 비쭉 튀어나오는 바람에 생긴 모퉁이였다. 소녀는 두 다리를 세워 바싹 당겨 끌어안았다. 그러나 추위는 조금도 가시지 않았다. 그렇다고 집으로 돌아갈 수도 없었다. 성냥을 하나도 팔지 못했으니 집에 가져갈 돈이 한 푼도 없었고, 그러면 아버지가 소녀를 때릴지도 모르기 때문이다. 게다가 집이라고 해서 추위를 피할 수 있는 것도 아니었다. 그냥 머리 위에 지붕이 덮여 있을 뿐이다. 벽 여기저기에 생긴 틈새들을 지푸라기와 넝마로 막아 놓긴 했지만 매서운 찬바람이 사정없이 들이치는 것은 바깥과 다르지 않았다. 소녀의 작은 손은 추위에 꽁꽁 얼어 마치 죽은 것처럼 감각이 없었다. 아! 성냥 한 개비만 피우면 좋을 텐데! 손에 쥔 성냥 다발에서 단 한 개비만이라도 꺼내어 벽에 그어 불을 피운다면 손가락이 좀 녹을 텐데! 소녀는 성냥 한 개비를 꺼냈다. "치직!" 하며 성냥에 불이 붙었다! 따스하고 환한 불꽃이 일었다. 두 손으로 감싸자 성냥불은 작은 램프처럼 피어오르며 일렁였다. 얼마나 신기한 불빛인지. 소녀는 자신이 반짝이는 놋쇠 장식이 달린 커다란 철제 난로 앞에 앉아 있는 것만 같았다. 활활 타오르는 난롯불은 얼마나 따스한지! 그런데 오, 세상에! 소녀가 얼어붙은 발도 녹이려고 두 발을 난롯불에 갖다 대려는 찰나, 환하게 타오르던 불은 꺼져 버렸다. 난로도 사라졌다. 소녀의 손에는 타다 남은 성냥 끄트머리만이 들려 있었다.

소녀는 다른 성냥개비를 하나 더 꺼내 불을 붙였다. 불은 환하게 타올랐다. 불빛이 벽에 비치자 벽은 베일처럼 투명해졌고, 벽 안쪽의 방 안이 들여다보였다. 눈부시게 하얀 식탁보가 덮인 탁자가 있었다. 그 위에는 품위 있는 도자기 그릇들이 놓였고, 한가운데에는 말린 자두와 사과로 속을 채운 먹음직스러운 거위구이가 김을 무럭무럭 피워 올리고 있었다. 그런데 정작 놀라운 일은 따로 있었다. 거위가 접시에서 훌쩍 뛰어내리더니, 등에 포크와 나이프를 꽂은 그 상태로 방 안을 뒤뚱거리며 돌아다니는 것이었다. 그러다가 소녀를 향해서 똑바로 다가오는 것이 아닌가. 그런데 그 순간 성냥불이 꺼졌다. 소녀의 눈앞에는 차갑고 두꺼운 담벼락이 서 있을 뿐이었다.

소녀는 또 다른 성냥에 불을 붙였다. 이번에 소녀는 아름답게 장식된 크리스마스트리 아래에 앉아 있었다. 부유한 상인의 집 유리창 너머로 보았던 것보다 훨씬 더 크고 화려한 크리스마스트리였다. 초록색 가지 위에서 수천 개의 촛불이 타올랐다. 상점의 진열장에서나 본 듯한 화려한 그림들이 소녀를 내려다보고 있었다. 소녀는 나무를 향해 두 팔을 들어 올렸다. 그러자 성냥불이 꺼졌다. 크리스마스트리에서 타오르던 촛불은 하늘로 점점 높이 올라가 마침내 밤하늘의 별이 되어서 영롱하게 빛났다. 그중 하나가 별똥별이 되어 떨어졌다. 별의 꼬리가 밤하늘에 길게 남았다.

"누군가 죽어 가나 봐!"

소녀가 중얼거렸다. 별똥별이 떨어지면 한 영혼이 신의 품으로 가는 것이라고 할머니가 말해 주셨던 것이다. 소녀를 사랑해 주었던 유일한 사람인 할머니는 그러나 지금은 돌아가시고 없었다.

소녀는 다시 한 번 더 성냥을 벽에 그었다. 피어나는 불꽃 속에 할머니의 모습이 환하게 나타났다. 할머니는 밝은 빛에 감싸인 채 온화하고 평화로운 표정으로 소녀를 바라보았다.

소녀가 외쳤다.

"할머니! 제발 저를 데려가 주세요! 이 성냥불이 꺼지면 할머니도 사라져 버릴 거잖아요. 따스한 난로처럼, 맛있는 거위구이처럼, 그리고 멋지고 아름다운 크리스마스트리처럼요!"

소녀는 손에 들고 있던 성냥을 한꺼번에 벽에 그어 대기 시작했다. 할머니가 사라지는 것은 싫었다. 성냥불은 밝게 타올라 소녀의 주위는 대낮보다 더 환해졌다. 할머니가 지금처럼 아름다웠던 적은 없었다. 지금처럼 커다랗게 보인 적도 없었다. 할머니는 소녀를 팔에 안고 빛과 기쁨의 나라를 향해 올라갔다. 높이, 아주 드높이. 그곳은 추위도 배고픔도 그 어떤 두려움도 없는 곳이었다. 그들은 신의 곁으로 간 것이다.

다음 날 아침 싸늘한 대기 속에서 날이 밝았다. 집 옆 모퉁이에 소녀가 죽어 있었다. 뺨은 발그레하고 입가에는 미소를 띤 채로. 한

해의 마지막 날인 지난밤의 강추위에 얼어 죽은 것이다. 소녀의 작은 시신 위로 새해의 첫 햇살이 비추었다. 소녀는 다 타 버린 성냥을 한 움큼이나 손에 쥐고 있었다. 추워서 불을 피우려고 했다고 사람들은 말했다. 그러나 소녀가 마지막으로 얼마나 아름다운 광경을 보았는지는 아무도 알지 못했다. 소녀가 새해의 눈부신 광채에 휩싸여 할머니와 함께 하늘로 올라갔다는 것 역시 아는 사람은 아무도 없었다.

var så grueligt koldt; det sneede, og der beg...
så den sidste aften i året, nytårsaf...
gik på gaden en lille, fattig pige med for...
un havde jo rigtignok haft tøfler på, da hun...
kunne det hjælpe! det var meget store tøfler, me...
rugrefaem, så store var de, og dem tabte den lille...
gaden, idet to vogne for så gruelig stærke forbi...
t finde, og den anden løb en dreng bort med ham...
uge til vugge, når han selv så i...

5

어머니 이야기

Historien om en Moder

　한 어머니가 아이 곁에 앉아 있었다. 아이의 병이 깊어서 어머니의 마음은 슬픔과 두려움으로 가득했다. 아이의 얼굴은 핏기 없이 창백했고 두 눈은 감겨 있었다. 호흡은 끊어질 듯 약했다. 때때로 숨을 크게 몰아쉬었는데 그것이 마치 한숨처럼 들렸으므로 어머니의 눈에는 근심이 더욱 깊어졌다.

　누군가 문을 두드리는 소리가 나더니, 한 초라한 노인이 집 안으로 들어왔다. 바깥은 눈과 얼음으로 덮이고 찬바람이 살을 찢을 듯 추운 날씨였으므로 노인은 말안장 덮개 비슷한 천으로 온몸을 둘둘 싸맨 차림이었다.

　몸이 얼어붙은 노인이 계속 덜덜 떨고 있는 데다가 마침 아이도 잠들었기에 어머니는 그를 대접하기 위해 맥주가 든 작은 주전자를 난로 위에 얹어서 데웠다. 그사이 노인은 침대 곁에 앉아서 가만히 아이의 요람을 흔들었다. 노인 가까이에 앉은 어머니는 숨을 헐떡거리는 병든 아이의 손을 잡았다.

"우리 아이는 죽지 않겠죠? 신이 이 아이를 데려가시지는 않겠죠?"
어머니가 간절하게 물었다.

노인은 기묘한 분위기를 풍기며 고개를 끄덕였다. 그것은 긍정으로도 부정으로도 해석할 수 있는 끄덕임이었다. 노인은 바로 죽음이었다. 고개를 떨군 어머니의 뺨 위로 눈물이 주르륵 흘러내렸다. 그러다 두 눈이 감기고, 어느새 그녀는 깜빡 잠이 들고 말았다. 사흘 밤낮을 한숨도 자지 못하고 뜬눈으로 아이의 병상을 지켰던 것이다.

하지만 그것도 잠시, 어머니는 무엇엔가 놀란 듯 번쩍 고개를 들었고 오싹한 냉기에 몸을 부르르 떨었다.

"이게 어찌 된 일이야!"
어머니는 놀라서 방 안을 여기저기 둘러보았다. 노인은 사라졌고 아이도 보이지 않았다. 그가 아이를 데리고 가 버린 것이다. 벽한쪽 구석의 낡은 시계에서 차르륵 태엽 풀리는 소리와 함께, 쿵 하며 무거운 시계추가 아래로 떨어지는 충격음이 들렸다. 그리고 시계는 멈추어 버렸다.

어머니는 집을 뛰쳐나와 사방을 헤매며 아이의 이름을 불렀다.

천지가 눈으로 덮인 가운데 한 여인이 검은 옷을 길게 늘어뜨리고 앉아 있었다.

여인이 어머니에게 말했다.

"죽음이 당신 집에 머물렀어요. 그가 당신의 아이를 안고 서둘러 지나가는 것을 보았답니다. 바람보다도 빨랐어요. 한번 가져간 것을 죽음은 두 번 다시 되돌려주는 법이 없어요."

어머니는 울부짖었다.

"죽음이 어디로 갔는지, 그것만 알려 주세요! 그러면 난 어디라도 쫓아갈 거예요!"

그러자 검은 옷의 여인이 말했다.

"물론 나는 죽음이 어디로 갔는지 알아요. 하지만 그것을 알려 주기 전에 당신은 아이에게 불러 주던 자장가 전부를 나에게도 불러 줘야만 해요. 나도 그 노래를 참 좋아했거든요! 나는 밤이랍니다. 당신의 노래를 들은 적이 있어요. 노래를 부르면서 당신이 흘린 눈물도 보았고요."

"그래요, 불러 줄게요. 전부 다 불러 줄게요! 하지만 지금은 안 돼요. 죽음을 뒤따라가서 아이를 찾아와야 한단 말이에요!"

그러나 밤은 꼼짝 않고 말없이 앉아 있을 뿐이었다. 그래서 어머니는 절망 속에서 두 손을 부여잡고 노래를 부르기 시작했다. 어머니의 눈에서 눈물이 흘렀다. 수많은 자장가를 불렀지만 어머니가.

흘린 눈물은 그보다 훨씬 많았다.

모든 노래가 끝나자 마침내 밤
이 입을 열었다.

"오른쪽 검은 전나무 숲 속으
로 가세요. 죽음이 아이를 안고
그곳으로 가는 걸 봤어요."

숲 속으로 한참 들어가자 길
은 두 갈래로 갈라졌다. 어머니는

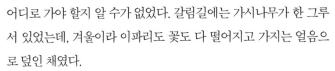

어디로 가야 할지 알 수가 없었다. 갈림길에는 가시나무가 한 그루
서 있는데, 겨울이라 이파리도 꽃도 다 떨어지고 가지는 얼음으
로 덮인 채였다.

어머니가 가시나무에게 물었다.

"혹시 죽음이 내 아이를 데리고 가는 것을 보지 못했나요?"

가시나무가 대답했다.

"봤어요! 하지만 따뜻한 가슴으로 안아 주지 않는다면 말하지
않을 거예요. 추워 죽겠어요. 얼어 버릴 것 같다고요!"

어머니는 가시나무를 꼭 껴안았다. 덕분에 가시나무의 몸은 곧
따뜻해졌지만 가시가 살을 깊숙이 찌르는 바람에 어머니의 가슴에
서는 핏방울이 뚝뚝 떨어졌다. 생기를 되찾은 가시나무는 싱그러
운 초록 새순을 돋아 내더니 살을 에는 듯 추운 이 겨울밤에 향기

로운 꽃마저 피워 올렸다. 슬픔에 빠진 어머니의 가슴은 그 정도로 뜨거웠던 것이다. 약속대로 가시나무는 어머니에게 죽음이 지나간 길을 가르쳐 주었다.

잠시 후 커다란 호수가 나왔다. 호수 위에는 배 한 척 보이지 않았다. 호수는 완전히 얼어붙지 않은 데다 깊기까지 해서 걸어서 건너기는 불가능했다. 하지만 아이를 찾으려면 그곳을 건너야만 했다. 호수의 물을 모두 마셔 버리면 가능할지도 몰랐다. 물론 그건 인간의 능력 밖의 일이지만 절망에 빠진 어머니는 어쩌면 기적이 일어날지도 모른다는 심정으로 바닥에 엎드려서 호수의 물을 마시기 시작했다.

그때 호수가 말을 걸었다.

"소용없는 일이에요! 그러지 말고 차라리 나랑 협상을 해요. 나는 진주 모으기를 좋아해요. 그런데 당신의 눈동자는 내가 보았던 그 어떤 보석보다도 더욱 반짝이는군요. 눈물을 많이 흘려서 두 눈을 빼 주지 않겠어요? 그러면 내가 당신을 호수 건너편에 있는 온실로 데려가 줄게요. 죽음은 그 온실에 살면서 꽃들과 나무들을 키워요. 그런데 그것들이 전부 인간의 생명이랍니다!"

"내 아이를 되찾기 위해서라면 내가 무엇인들 못 하겠어요!"

어머니는 울면서 대답했다. 그리고 계속해서 눈물을 흘리고 또 흘렸다. 마침내 어머니의 두 눈은 눈물과 함께 호수 속으로 떨어졌고, 귀하디귀한 진주가 되어 호수 밑바닥에 가라앉았다.

　호수는 어머니를 번쩍 들어 올려서 그녀를 태우듯 넘실넘실 데려가 반대편 호숫가에 내려놓았다. 그곳에는 길이도 폭도 수 마일이나 이어지는 참으로 이상한 모양의 집이 있었다. 숲과 동굴이 있는 산인지, 아니면 누군가가 지어 올린 건물인지 얼른 판단하기 어려웠다. 그러나 가엾은 어머니는 그것을 볼 수 없었다. 그녀의 눈은 눈물과 함께 호수 아래로 가라앉아 버렸기 때문이다.

　어머니가 물었다.

　"내 아이를 데려가 버린 죽음을 찾으려면 어디로 가야 하나요?"

　그러자 죽음의 온실을 돌보는 노파가 대답했다.

　"죽음은 아직 도착하지 않았어요! 도대체 여기엔 어떻게 온 거요? 누가 도와주었기에 여기까지 올 수 있었지?"

　"신의 도움으로요! 신은 자비로우시니까요. 그리고 분명 당신도 마찬가지일 거라고 믿어요. 가르쳐 주세요, 어디에서 내 아이를 찾을 수 있나요?"

　"난 당신의 아이를 모른다오. 게다가 당신은 앞을 못 보는군. 지난밤에 많은 꽃들과 나무들이 시들었어. 죽음이 곧 와서 그것들을 다른 곳으로 옮겨 심을 거요. 모든 인간에게는 저마다 생명의 나무나 꽃이 있다는 건 알고 있겠지. 겉보기에는 보통 식물과 다를 바 없지만 생명의 식물들은 사람과 마찬가지로 심장이 뛰고 있거든.

어린아이의 심장도 마찬가지이고. 들어가서 한번 찾아봐요. 꽃과 나무의 심장 소리를 하나하나 듣다 보면 당신 아이의 소리를 알아 차릴 수도 있을 테니까. 그런 다음에 어떻게 해야 하는지 가르쳐 주면 당신은 나에게 무엇으로 보답할 생각이지?"

절망한 어머니가 말했다.

"전 드릴 것이 하나도 없어요. 하지만 당신을 위해서 땅끝까지 걸어가라면 그렇게 하겠어요!"

"당신이 땅끝까지 간들 그게 나에게 무슨 이득이 되겠어? 그러지 말고 당신의 검고 긴 머리칼을 내게 줘. 당신 머리칼이 탐스럽고 아름답다는 건 당신도 잘 알고 있겠지? 난 그게 갖고 싶어. 대신 내 흰 머리카락을 줄게. 하나도 없는 것보다는 나을 테니까!"

"그게 당신이 원하는 것이라면, 기꺼이 드리겠어요!"

어머니는 노파에게 아름다운 검은 머리카락을 주고 눈처럼 흰 백발을 받았다.

그들은 함께 커다란 온실 안으로 들어갔다. 꽃들과 나무들이 기이한 형태로 복잡하게 뒤섞여 자라고 있었다. 히아신스가 유리 덮개 안에서 고운 자태로 서 있는가 하면 원기 왕성하게 핀 커다란 모란도 있었다. 어항에 담긴 수초들은 대부분 싱싱했지만 어떤 것들은 시들시들 죽어 가고 있었다. 물뱀들은 수초 위에 똬리를 틀었고, 검은 가재들은 수초 줄기를 잡아당겼다. 웅장한 야자수와 떡갈

나무, 플라타너스 등의 나무가 있었고 파슬리와 백리향 같은 식물도 보였다. 모든 나무와 꽃에는 각자의 이름이 있었다. 하나하나가 중국이나 그린란드 등 전 세계에 살고 있는 인간의 생명이기 때문이다. 어떤 나무는 커다랗지만 아주 작은 화분에 심겨 있었다. 그래서 서 있는 모양새가 불편하고 옹색했으며 화분은 금방이라도 터질 것 같았다. 그런가 하면 평범하기 그지없고 초라한 작은 꽃들이 기름진 토양과 충족한 이끼에 둘러싸여 애지중지 귀하게 대접받는 것도 보였다. 걱정과 슬픔으로 가득한 어머니는 이런 작은 식물 하나에까지 가까이 다가가 심장 소리에 귀를 기울였다. 그러다 마침내 무수한 심장 중에서 아이의 심장 소리를 알아냈다.

"아, 찾았어! 내 아이야!"

어머니는 소리를 지르며 한 송이 푸른색 붓꽃을 향해 손을 뻗었다. 작고 시들시들해서 금방이라도 쓰러질 듯 한쪽으로 기울어 있는 꽃이었다.

하지만 노파가 그녀를 말렸다.

"꽃에 손대면 안 돼! 죽음이 곧 도착할 거요. 그러니 이 자리에서 기다리다가 그가 그 꽃을 뽑으려 하면 당신은 다른 꽃들을 뽑아 버릴 거라고 협박을 해. 그러면 그는 분명 겁을 먹을 거야. 꽃을 뽑으면 신에게 사유를 해명해야 하니까. 원래 죽음은 신의 허락 없이는 그 어떤 꽃도 마음대로 뽑아서는 안 되거든."

갑자기 싸늘한 냉기가 와락 밀려왔다. 앞을 볼 수 없는 어머니도 죽음이 도착했음을 직감했다.

"아니, 여기를 어떻게 찾아온 거지? 나보다 더 빨리 도착하다니 이상하군."

죽음이 어머니에게 말했다.

"나는 엄마이니까요!"

어머니가 대답했다.

죽음은 팔을 뻗어 그 작고 여린 꽃을 뽑으려 했다. 하지만 어머니는 꽃잎 하나 건드리지 않으려 조심하며 두 손으로 꽃을 완전히 감쌌다. 혹시 자신이 연약한 꽃잎을 다치게 할까 두려웠지만, 그래도 어머니는 결코 손을 풀지 않았다.

죽음은 어머니의 손에 입김을 불었다. 북풍보다 더 차가운, 소름 끼치는 냉기에 그녀의 손은 스르르 아래로 떨어지고 말았다.

"무슨 수를 써도 당신은 날 이길 수 없어!"

죽음이 말했다.

"하지만 신은 할 수 있어요!"

어머니가 말했다.

"내가 하는 일이 바로 신이 원하는 일이라고. 나는 신의 정원사이니까! 신의 나무들과 꽃들을 가져다가 아무도 모르는 곳에 있는 커다란 천국의 정원에 옮겨 심는 일을 해. 그러나 거기서 그것들이

어떻게 자라는지, 그 정원이 어떤 곳인지는 당신에게 말해 줄 수 없어."

"내 아이를 돌려줘요!"

어머니는 눈물을 펑펑 쏟으며 애원했다. 죽음이 아무런 반응을 보이지 않자, 갑자기 어머니는 가장 가까이 있는 꽃을 양손에 한 송이씩 움켜쥐고는 소리쳤다.

"여기 있는 꽃들을 몽땅 뽑아 버리겠어! 내가 할 수 있는 건 이것밖에 없으니까!"

"꽃들은 건드리지 마! 당신은 당신이 불행하다고 했지. 그런데 다른 어머니도 당신처럼 불행하게 만들 셈인가?"

죽음이 말했다.

"다른 어머니라고?"

놀란 어머니는 움켜쥐었던 꽃을 모두 놓아 버렸다.

죽음이 말했다.

"여기 당신 눈이 있다! 호수에서 건져 왔어. 물속에서 눈부시게 빛나고 있더군. 당신 눈인 줄은 몰랐어. 도로 가져가. 이제 눈동자는 예전보다 더욱 맑게 빛날 테니. 그 눈으로 당신 곁에 있는 깊은 우물을 한번 들여다봐. 당신이 뽑아 버리려 했던 두 송이 꽃의 이름을 말해 주지. 그럼 당신은 우물 속에서 그 아이들의 미래를 보게 될 거야. 아이들이 지상에서 보내는 모든 삶을 말이지. 당신이 파괴할 뻔

한 것, 꺾어 버리려 했던 것이 무엇인지 똑똑히 보게 될 것이다!"

어머니는 우물을 들여다보았다. 한 아이의 삶은 세상 전체의 축복이었다. 그 아이 주변에는 언제나 행복과 기쁨이 넘쳤으므로 그 모습을 볼 수 있다는 것만도 크나큰 행운이었다. 반면에 다른 아이의 삶은 고난과 슬픔의 연속이었다. 그 아이가 가는 모든 길은 재앙의 가시밭길이었다.

"두 삶 모두 신의 뜻이지!"

죽음의 표정은 엄숙했다.

"그런데 어떤 꽃이 슬픔과 절망의 삶이고 어떤 꽃이 축복의 삶인가요?"

어머니가 물었다.

"그건 말할 수 없어. 하지만 이것 한 가지만은 가르쳐 주지. 두 송이 꽃 중에서 한 송이는 당신 아이의 꽃이야. 당신이 방금 우물 속에서 본 두 가지 운명 중에서 하나가 바로 당신 아이의 미래인 거지!"

끔찍한 공포에 사로잡힌 어머니는 소리를 질렀다.

"어떤 쪽이 내 아이의 운명인가요? 말해 줘요! 가엾은 아이를 살려 주세요! 제발 내 아이를 재앙에서 구해 달라고요! 아니, 차라리 그 애를 데려가요. 차라리 신의 나라로 데려가요! 제 눈물과 애원 따위는 상관 마세요! 제가 한 말도, 제가 한 행동도 모두 잊어버려요!"

"이해할 수가 없군. 아이를 돌려 달라는 거야, 아니면 당신이 알

지 못하는 곳으로 데려가라는 거야?"

어머니는 두 손을 모으고 무릎을 꿇고 앉아 신에게 기도를 올렸다.

"신이시여, 제가 당신의 뜻을 거스르는 청을 했다면 제 청을 들어주지 마십시오. 당신의 뜻이 언제나 옳습니다! 그러니 제 말에 귀 기울이지 마십시오! 제 기도에 응답하지 마십시오!"

어머니는 고개를 폭 떨구었다.

그러자 죽음은 아이를 데리고 아무도 모르는 곳으로 가 버렸다.

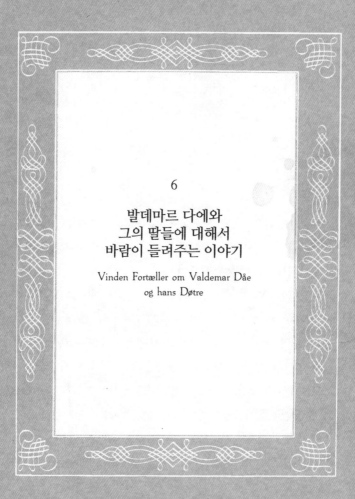

6

발데마르 다에와
그의 딸들에 대해서
바람이 들려주는 이야기

Vinden Fortæller om Valdemar Dåe
og hans Døtre

바람이 들판을 지나가면 풀들은 마치 바다 위의 파도인 양 물결 치며 움직인다. 바람이 경작지에 불면 호수에 물살이 이는 듯 작물들이 고개를 숙이며 몸을 흔든다. 그것은 바람의 춤이다. 그러나 바람은 노래를 부르며 이야기를 들려주기도 한다. 숲 속 나무들 사이에서 부는 바람의 노래는 교회 종탑의 구멍이나 담장의 틈새로 부는 바람의 노래와는 다르다. 바람은 저 높은 하늘의 구름을 양 떼처럼 몰고 간다! 이곳 지상의 열린 성문 근처에서 바람은 사납게 울부짖으며 뿔피리 소리를 낸다. 그때 바람은 성문을 지키는 문지기이다. 굴뚝 속을 통과하여 벽난로로 내려올 때 바람은 기묘한 신음 소리를 낸다. 불꽃이 순간적으로 활활 치솟고 장작 타는 소리가 커진다. 그때 방 안은 어두웠던 구석까지도 밝아진다. 이제 난롯가의 사람들은 유쾌하고 편한 마음으로 귀를 기울일 수 있다. 바람의 이야기를 들어라! 바람은 우리가 아는 이야기를 전부 합친 것보다 더 많은 옛날이야기와 동화를 알고 있다. 바람이 하는 이야기를 들어라.

후-! 떠나라, 저 먼 나라로! 이것이 바람의 이야기의 후렴구이다.

바람이 이야기를 시작한다.

그레이트벨트 해협의 어느 바닷가에 두꺼운 붉은색 담장으로 둘러싸인 낡은 저택이 한 채 서 있다. 나는 그 담장의 돌 하나하나를 샅샅이 알고 있다. 원래 그 돌들은 바다를 향해 툭 튀어나온 마르스크 스티그 성의 담장을 이루던 것이니까. 성이 헐린 다음에 사람들이 돌들을 가져다가 새 저택의 담장을 짓는 데 사용했다. 그렇게 지어진 보레비 영지의 저택은 지금도 여전히 그곳 해안에 서 있다.

나는 그 저택에서 세대를 이어 오며 살았던 귀족 집안의 여러 남자들과 여자들을 잘 안다. 그중에서도 발데마르 다에와 그의 딸들에 대해서 이야기하려고 한다!

발데마르 다에는 아주 거만했다. 왕가의 핏줄을 타고났기 때문이다! 게다가 그는 사슴을 사냥하고 술잔을 비우는 것 이상의 일을 할 수 있었다. 언젠가는 자기 재능의 가치가 저절로 밝혀질 거라고 입버릇처럼 말하곤 했다.

금빛 드레스를 걸친 그의 아내도 거울처럼 윤이 나는 마룻바닥을 도도한 태도로 돌아다녔다. 벽은 화려한 장식으로 뒤덮였고 가구들은 모두 아름답고 정교하게 조각된 값진 물건이었다. 그녀가 결혼하면서 많은 금과 은을 가져온 것이다. 지하실에는 독일 맥주가 있었고 마구간에서는 혈기 왕성한 검은 말들이 울어 댔다. 그들은 부유했고 보레비 장원(莊園)에는 모든 것이 풍족했다.

발데마르 부부에게는 아이들이 셋 있었다. 어여쁘게 생긴 소녀들의 이름은 이데, 요한네, 그리고 안나 도로테아였다. 나는 그 이름들을 아직도 기억한다.

그들은 부유하고, 품위가 있었으며, 호화로운 가문에서 태어나 그런 환경에서 자란 아이들이었다! 후, 떠나라, 저 먼 나라로! 바람이 노래했다. 그리고 이야기를 계속했다.

다른 저택에서 흔히 하듯이 귀부인이 커다란 방에서 하녀들과 함께 앉아 물레를 돌리는 모습을 그 저택에서는 한 번도 보지 못했다. 그 대신 발데마르의 아내는 류트를 연주하며 노래를 불렀다. 그런데 덴마크 민요만 연주하는 것이 아니고 외국 노래를 더 많이 부르기도 했다. 그것이 그들의 삶이었다. 항상 연회가 열렸고, 가까운 곳뿐 아니라 먼 외국에서도 높은 신분의 손님들이 자주 찾아왔다. 아무리 내가 바람을 거세게 일으켜도 음악이 울리고 술잔이 부딪

히며 흥청대는 소리가 더 클 정도였다. 교만과 화려함, 과시, 거들먹거림이 가득했다. 그러나 신에 대한 두려움은 조금도 없었다.

5월이 시작된 어느 날 저녁, 나는 막 서쪽에서 돌아온 참이었다. 유틀란트 해안에서 배들이 난파하여 산산조각 나는 것을 보았고, 황야와 숲이 우거진 초록의 해안들을 휘돌아 퓐 섬과 그레이트벨트 해협을 건너 숨차게 달려왔다.

나는 보레비 저택과 가까운 셸란 섬 해안의 아름답고 웅장한 떡갈나무 숲에서 휴식을 취하며 한숨 돌리기로 했다.

근처 마을의 젊은이들이 숲에서 나뭇가지들과 잔가지들을 모으고 있었다. 그들은 가장 크고 가장 잘 마른 가지들을 모아 마을로 가져가서는 높이 쌓아 놓고 불을 붙였다. 마을 처녀들과 젊은이들은 모닥불 주위를 빙빙 돌면서 춤을 추고 노래를 불렀다.

나는 움직이지 않고 가만히 있었다. 하지만 가장 잘생긴 젊은이가 가져다 놓은 나뭇가지를 아주 살짝 건드렸다. 그러자 그의 가지에 붙은 불이 기세 좋게 활활 타올랐다. 그의 불꽃은 가장 크고 가장 높았다. 그는 영광의 자리에 선출되었다. 그해 5월의 왕이 된 것이다. 마음에 드는 처녀를 선택하여 여왕의 자리에 앉힐 수 있는 권한도 얻었다. 보레비 저택에서는 볼 수 없었던 생생한 희열과 즐거움이 넘쳐 났다.

그때 여섯 마리의 말이 끄는 황금 마차가 다가왔다. 마차에는 다에 부인과 세 딸이 타고 있었다. 딸들은 어여쁘고 젊고 사랑스러워서 장미, 백합, 그리고 창백한 히아신스 같았다. 하지만 그들의 어머니는 거만한 튤립이었다. 축제 중이던 젊은이들이 모두 놀이를 멈추고 일제히 허리와 무릎을 굽혀 절을 하는데도, 다에 부인의 빳빳한 목은 마치 유리인 듯 조금도 움직이지 않았다.

장미, 백합, 그리고 창백한 히아신스, 세 소녀의 아름다움이여! 언젠가 이들도 누군가에게 5월의 여왕이 되리라. 이 소녀들을 맞이할 5월의 왕은 늠름한 기사, 아니면 왕자일지도 모른다! 후! 떠나라, 떠나라! 저 먼 나라로!

마차는 축제 마당을 바람처럼 지나갔다. 마을 사람들은 다시 흥겨운 춤과 노래를 시작했다. 보레비 영지에, 모든 마을에 여름이 찾아온 것이다.

내가 셸란 섬에서 몸을 일으키던 그날 밤, 고고함이 하늘을 찌르는 다에 부인은 잠자리에 들었고 다시 깨어나지 못했다. 다른 사람들에게 찾아오는 죽음을 그녀도 맞이했을 뿐, 특별히 신기한 소식이 아니었다. 발데마르 다에는 침통한 표정으로 한동안 그 자리에 가만히 서 있었다. 그는 '자존심 강한 나무는 부러지지 않고 구부러질 뿐이지'라고 생각했다. 세 딸들은 슬피 울었다. 저택의 모든 사람들이 눈물을 훔쳤다. 그러나 다에 부인은 이미 저세상으로 가 버린 다음이다. 그래서 나도 떠났다. 후-! 떠나라, 저 먼 나라로!

그리고 나는 또다시 돌아왔다. 여러 번이나 이곳을 찾아왔다. 뮌섬과 해협을 지나 울창한 떡갈나무 숲이 우거진 보레비 영지의 해안에서 쉬어 가곤 했다. 그곳에는 물수리가 있었고 산비둘기가 둥지를 틀었으며 검푸른 까마귀와 먹황새도 살고 있었다. 그때는 많은 새들이 알을 품고 있거나 갓 태어난 어린 새끼를 데리고 있을 시기였다. 그런데 갑자기 새들이 날아오른다! 비명과도 같은 울음! 숲에서 도끼질하는 소리가 들려왔다. 도끼 소리는 그치지 않았다. 숲의 나무들이 베어지고 있었다. 돈이 필요했던 발데마르 다에는 앞 갑판이 세 개나 되는 값비싼 군함을 만들어 왕에게 팔 생각이었다. 뱃사람들의 길잡이가 되고 새들의 보금자리였던 숲이 무너져 내렸다. 둥지가 파괴된 때까치들이 깜짝 놀라서 일제히 날아올랐고 물수리를 비롯한 숲의 모든 새들이 고향을 잃었다. 새들은 하늘을 이리저리 날아다니며 공포와 분노로 소리 높여 울었다. 나는 새들의 슬픔과 절망을 이해한다. 까마귀들만이 비웃듯이 큰 소리로 떠들었다.

"둥지에서 나와라! 둥지에서 나와라! 어서! 어서!"

숲 한가운데에는 일꾼들 한 무리와 함께 발데마르 다에와 그의 세 딸들이 있었다. 요란하게 울부짖는 새들의 울음을 듣고 그들은 서로 마주 보며 웃음을 터트렸다. 하지만 가장 나이 어린 딸인 안나 도로테아는 새들을 가엾게 여겼다. 일꾼들이 죽어 가는 나무 한 그루를 발견하고는 베어 버리려 했다. 그런데 이파리 하나 없이 앙상한 가지 위에 먹황새가 둥지를 틀었고 그 안에서 어린 새끼들이 고개를 내밀고 있었다. 안나 도로테아는 눈물을 글썽이며 나무를 베지 말라고 사정했다. 그래서 먹황새 둥지가 있는 나무는 그대로 남아 있게 되었다. 원래 별 가치가 없는 나무이기도 했다.

도끼와 톱으로 계속해서 작업이 이루어진 결과, 갑판이 세 개나 되는 군함이 완성되었다. 수석 조선공은 가난한 집안 출신이었으나 겉모습은 귀공자처럼 늠름했다. 총명한 눈빛과 반듯한 이마에서 영리함이 엿보였다. 발데마르는 그의 조언에 기꺼이 귀를 기울였다. 열다섯 살이 된 큰딸 이데도 마찬가지였다. 조선공은 발데마르를 위한 배를 만들면서, 마음속으로는 자신과 이데가 결혼하여 함께 살 성을 꿈꾸었다. 그가 상상한 대로 돌을 쌓아 만든 성벽과 연못으로 둘러싸인, 그리고 숲과 정원까지 갖추어진 성이 정말로 그에게 있었다면 꿈은 이루어졌을지도 모른다. 그러나 아무리 똑똑한 기술자라고 해도 그는 그냥 빈털터리 청년에 지나지 않았다. 참새가 어찌 두루미의 춤사위를 따라갈 것인가! 저 먼 나라로 나는 떠났다. 그리고 그도 떠났다. 더 이상 머물 명분이 없었기 때문이다. 이데는 작별을 견뎌 냈다. 견뎌 내는 수밖에 다른 도리가 없었기 때문이다.

마구간에서는 검은 말들이 힝힝거리며 울었다. 좀처럼 눈을 뗄 수 없게 만드는, 정말로 멋진 말들이었다. 왕의 명령으로 군함을 살펴보고 흥정하기 위해서 제독이 발데마르의 저택으로 파견되었다. 제독은 팔팔하게 날뛰는 말들을 보고 감탄을 금치 못했다. 나는 제독이 하는 말을 직접 들었다. 제독 일행과 함께 문이 열린 마구간으로 들어가 그들의 발아래에 지푸라기들을 금 조각처럼 뿌려 놓았기 때문이다. 금이야말로 발데마르 다에가 원하는 것이었다. 하지만 제독은 말을 원했다. 그렇기 때문에 말들을 그토록 칭찬했던 것이다. 그러나 발데마르는 제독의 속마음을 알아차리지 못했고, 왕에게 군함을 팔겠다는 계획은 무산되고 말았다. 화려하고 웅장한 군함은 판자를 덧댄 채로 해변에서 위용을 뽐내는 수밖에 없었다. 그것은 한 번도 물에 들어가지 못한 노아의 방주나 마찬가지였다. 참으로 안타까웠다! 후—! 저 먼 나라로, 떠나라! 떠나라!

겨울이 찾아왔다. 들판은 온통 흰 눈으로 뒤덮이고 해협에는 커다란 유빙이 둥둥 떠다녔다. 나는 얼음덩이들을 해안으로 밀어냈다. 수많은 까마귀 떼가 새까맣게 날아와 해안에 쓸쓸하게 버려진 죽은 군함 위에 내려앉았다. 까마귀들은 지금은 사라져 버린 숲을, 지금은 파괴되어 없는 소중한 둥지들을, 그리고 집 없는 신세의 늙은이들과 어린것들을 애통해하며 쉬어 빠진 목소리로 비명을 지르듯이 울었다. 이 모두가 바다에는 잠겨 보지도 못할, 말도 안 되게 덩치만 큰 쓸모없는 배 한 척 때문이었다.

나는 눈을 불어 올려 대기 중에 회오리치게 했다. 높이 떠오른 눈송이들은 마치 거대한 파도처럼 배 주위에 내려앉았고 일부는 보이지 않는 곳으로 멀리 사라졌다. 배에게 다가가 말을 거는 내 음성은 대양에 부는 폭풍우 소리였다. 군함에게 자신이 배라는 인식을 갖게 하는 것, 그것은 내 일이기도 했다. 후-! 떠나라, 저 먼 나라로!

겨울이 지나갔다. 겨울과 여름이 왔다가 갔다. 내가 왔다가 가는 것처럼. 눈송이가 멀리 흩어지고, 사과꽃이 떨어지고, 낙엽이 졌다. 떠나라, 떠나라, 떠나라! 너희 인간들 역시 떠나라!

그러나 발데마르의 세 딸들은 여전히 젊고 예뻤다. 이데는 조선공 청년과 있을 때처럼 한 떨기 장미 같았다. 그녀가 정원의 사과나무 아래에서 생각에 잠겨 있을 때, 나는 그녀의 긴 갈색 머리칼을 얼마나 자주 건드렸는지 모른다. 나는 나뭇가지를 흔들어 사과꽃이 그녀의 머리 위에 이슬비처럼 내리도록 했으나 그녀는 아무것도 눈치채지 못했다. 그녀는 고개를 들어 정원의 어두운 나뭇가지 사이로 황금빛으로 물든 하늘과 붉은 태양을 올려다보곤 했다.

이데의 동생 요한네는 백합 같았다. 하얗고 키가 크고 몸이 곧았다. 그녀는 자존심이 강했고 콧대가 높았으며 어머니를 닮아 유리처럼 차갑고 거만했다. 그녀는 조상들의 초상화가 걸려 있는 커다란 홀을 거니는 것을 좋아했다. 비단과 벨벳 옷을 걸치고 땋아 올린 머리에 진주 장식이 수놓아진 손바닥 크기의 모자를 쓴 여인들은 얼마나 아름다운지! 그 남편들은 갑옷 차림이거나 아니면 다람쥐 털을 속에 덧대고 푸른색 주름 옷깃이 달린 값진 외투를 입었다. 그리고 허리가 아니라 허벅지에 칼을 차고 있었다. 훗날 요한네의 초상화는 어디에 걸리게 될까? 요한네의 귀족 남편은 어떻게 생긴 남자일까? 그렇다. 요한네는 그런 것들을 생각했다. 그리고 작은 소리로 혼잣말을 하기도 했다. 나는 긴 복도를 지나 홀 안으로 들어갔다가 나오는 길에 그녀의 중얼거림을 들을 수 있었다.

안나 도로테아, 창백한 히아신스, 이제 겨우 열네 살인 이 아이는 조용하고 명상적이었다. 물처럼 푸른 커다란 눈동자는 사물을 깊숙이 응시했다. 하지만 입가에는 늘 어린아이 같은 미소가 감돌았다. 나는 그 미소를 불어서 날려 버릴 수가 없었고, 그렇게 하고 싶지도 않았다.

정원에서, 들판에서, 경작지에서 나는 안나 도로테아와 마주쳤다. 그녀는 약초와 꽃을 따 모으고 있었다. 아버지 발데마르가 식물을 증류해서 음료와 물약을 만드는 데 그것들이 필요했기 때문이다. 발데마르 다에는 교만하고 고집불통이었지만 아는 것이 무척 많았고 다방면에서 재주도 좋았다. 사람들은 무언가를 눈치챘고

비밀스럽게 수군거리곤 했다. 한여름에도 발데마르 다에의 벽난로에는 불이 타올랐다. 종종 그의 방문은 며칠 동안이나 밤낮으로 굳게 잠겨 있었다. 그러나 발데마르 다에는 그 안에서 무엇을 하는지 아무런 설명도 하지 않았다. 인간이 침묵할 때 자연은 힘을 발휘하는 법이기 때문이다. 이제 곧 그는 놀라운 것을 발명하게 되리라. 바로 붉은 황금을.

그래서 그의 난로에는 항상 탁탁 소리를 내며 불길이 타올랐던 것이다. 내가 그곳에 있었으니까!

"떠나보내라, 저 먼 나라로!"

나는 굴뚝을 통과하면서 이렇게 노래했다.

"연기가 솟을 것이다. 공기는 매캐해지고, 고약한 냄새가 나고, 재와 검댕이 남을 것이다! 나중에는 너 자신마저도 다 타 버릴 것이다! 그러니 떠나보내라! 저 먼 나라로! 떠나보내라!"

하지만 발데마르 다에는 떠나보낼 생각이 없었다.

마구간에 있던 윤기 흐르는 말들은 어떻게 되었나? 저택의 벽장과 서랍 속에 가득하던 금과 은은 어떻게 되었나? 목초지에서 풀을 뜯던 소들과 집과 영지는? 값나가는 물건들은 모두 녹아 버렸다! 연금술을 위한 도가니 속에서 몽땅 녹아 버린 것이다! 그러나 금은 만들어지지 않았다.

광과 식품 창고는 텅텅 비었다. 지하실에는 이제 아무것도 없었다. 하인들은 줄고 쥐들은 늘었다. 유리창은 깨지고 금이 갔다. 그래서 나는 문이 열리지 않아도 마음대로 집 안을 드나들 수 있었다. 굴뚝에서 연기가 나는 곳에선 음식이 익는 법이지만, 그의 굴뚝에서 나는 연기는 붉은 황금을 만든다는 명목으로 가족들의 끼니 전체를 집어삼키고 있었다.

나는 문지기가 나팔을 불듯이 성문 안으로 바람을 불어 넣었다. 그러나 그곳에 문지기는 없었다. 나는 탑 꼭대기에 있는 바람개비를 돌렸다. 바람개비는 마치 문지기의 코 고는 소리처럼 크게 삐걱거렸다. 그러나 그곳에 문지기는 없었다. 오직 쥐들뿐이었다. 가난이 식탁을 뒤덮었다. 가난이 옷장과 식품 창고에 들어앉았다. 경첩이 떨어져 나간 문짝은 갈라지고 틈새가 벌어졌다. 나는 자유롭게 들어갔다가 자유롭게 나왔다. 그래서 많은 것을 알게 되었다.

재와 연기 속에서, 근심과 불면 속에서, 발데마르 다에의 머리칼과 수염은 하얗게 세어 버리고 피부는 핏기 없이 누렇게 변해 갔다. 그러나 눈빛만은 탐욕을 떠나보내지 못한 채 황금을 얻으려고 여전히 이글거렸다.

나는 그의 얼굴과 수염을 향해 재와 연기를 불었다. 황금 대신 빚이 쌓여 갔다. 나는 깨진 유리창과 벌어진 틈새로 드나들었고 딸들의 침상 위로 날아갔다. 딸들의 옷은 모두 낡아서 색이 바랬다. 오랫동안 새 옷을 사지 못했기 때문이다. 딸들이 어린 시절에는 이렇지 않았다! 귀족의 삶이 가엾은 가난뱅이의 삶으로 변해 버렸다! 그의 저택에서 가장 크게 노래하는 자는 바로 나였다! 그래서 나는 그들에게 눈을 내려 주었다. 눈으로 덮으면 따뜻해진다고 사람들이 말하지 않던가. 그런데 난로에 넣을 장작이 없었다. 나무를 해 오려고 해도 그들은 이미 숲의 나무들을 몽땅 베어 내 버린 상태였다. 이가 덜덜 떨리는 강추위가 닥쳤다. 나는 종탑 구멍과 현관을 세차게 통과하고, 박공지붕과 담장 위에서 날렵하게 몸을 굴리며 큰 소리로 휘몰아쳤다. 귀족의 세 딸들은 집 안에서도 극심한 추위 때문에 침대 속으로 들어갔고 아버지는 털가죽 이불을 덮고 웅크리고 있었다. 먹을 것도 없고 불 피울 만한 것도 없었다. 이것이 영지의 주인인 그들의 삶이었다! 후-! 떠나보내라, 저 먼 나라로! 하지만 대지주 다에에게는 그럴 능력조차 없었다.

다에는 이렇게 말했다.

"비 온 다음에는 날이 개는 법이야. 곤궁 다음에 좋은 시절이 찾아오는 거야. 그러기 위해서 사람은 기다릴 줄을 알아야지! 지금 땅은 온통 저당 잡혀 있지만, 이 고비만 잘 넘기면 금이 곧 만들어지겠지! 늦어도 부활절까지는!"

그리고 나는 다에가 거미줄을 바라보며 이렇게 중얼거리는 소리를 들었다.

"아, 부지런히 실을 잣는 작은 거미야! 네가 나에게 인내심을 가르치는구나! 거미줄이 망가지면 너는 다시 짜기 시작해서 결국 완성을 하지. 몇 번이고 끈질기게, 결코 싫증 내는 법 없이 처음부터 새로 시작해. 처음부터, 처음부터! 그래, 사람도 그래야 하는 법이지! 그렇게 하면 반드시 보답을 받게 될 거야!"

부활절 아침이 밝았다. 교회에서 종소리가 울려 퍼지고 태양은 하늘에서 미소를 보냈다. 발데마르 다에는 흥분에 겨워 밤새도록 작업을 계속했다. 끓이고 식히고 섞고 분리하기를 반복했다. 나는 그가 절망에 빠진 영혼처럼 신음하는 소리를, 기도를 올리는 소리를 들었다. 나는 그가 헉하고 숨을 몰아쉬는 소리를 들었다. 램프가 꺼졌지만 그는 알아차리지 못했다. 내가 난로의 석탄에 입김을 불어 넣자 불꽃은 백묵처럼 창백한 그의 얼굴을 환하게 비추었다. 그의 얼굴은 일순 혈색이 돌면서 밝게 빛났다. 그는 깊이 잠겨 있던 두 눈을 꾹 감았다가 다시 커다랗게 번쩍 떴다. 눈은 점점 더 커다래져서 마침내는 두 눈동자가 튀어나올 것만 같았다.

여기 연금술사의 유리병을 보아라! 이 안에서 빛나는 것을 보아라! 휘황하게 반짝이고, 순수하면서, 무거운 물질! 그는 떨리는 손으로 유리병을 들어 올렸다. 흥분하여 잘 돌아가지도 않는 혀를 움직여 소리 질렀다.

"금이다, 금!"

그는 현기증을 느꼈으므로 내가 한 번만 살짝 불어도 쓰러질 지

경이었다. 하지만 나는 난로에서 이글거리는 석탄 위에만 머물러 있었고, 딸들에게 가는 그의 뒤를 따랐을 뿐이다. 딸들은 방 안에서 덜덜 떨며 웅크리고 있었다. 그의 옷에는 재가 잔뜩 묻었고 그의 수염과 헝클어진 머리칼도 재투성이였다. 그는 딸들 앞에 우뚝 서서, 금 간 유리병에 든 값진 보물을 높이 들어 올렸다.

"찾아냈어! 마침내 내가 해냈어! 금이야, 황금이라고!"

그는 유리병을 치켜든 채 환희에 차서 소리를 질렀다. 떠오르는 태양 빛을 받은 유리병은 눈부시게 번쩍거렸다. 그 순간 그의 손이 떨리면서, 연금술사의 유리병은 바닥에 떨어져 산산조각 나고 말았다. 그가 꿈꾸던 행운은 최후의 거품마저 꺼져 버렸다. 후—! 떠나라, 저 먼 나라로! 그리고 나는 연금술사의 저택을 떠났다.

그해가 저물어 갈 무렵, 북구의 낮이 짧아지는 시기, 습기 가득한 안개가 이파리 하나 없는 딸기나무의 가지와 붉은 열매 위에 물방울을 흩뿌려 놓는 그때, 나는 명랑한 기분으로 활기를 되찾았다. 나는 거침없는 기세로 하늘을 청소하듯 휩쓸었고 마른 잔가지들을 뚝뚝 분지르면서 돌아다녔다. 이 정도는 크게 힘이 드는 건 아니었지만, 어쨌든 내가 해야 하는 일 중의 하나였다. 다른 종류이긴 하지만 보레비 영지의 발데마르 저택에도 청소가 이루어졌다. 그의 원수인 바스나스의 오벨 라멜이 영지와 저택 모두를 손아귀에 넣은 것이다. 나는 부서진 유리창을 북처럼 두들겨 대고 망가진 문짝을 요란한 소리로 흔들고 벽 틈새로 휘파람을 크게 불며 돌아다녔다. 휘-이-! 오벨은 이 저택에 들어와 살고 싶은 마음이 없었다. 이데와 안나 도로테아는 울고 또 울어서 눈이 퉁퉁 부었으나 요한네는 꼿꼿이 서서 창백한 얼굴로 엄지손가락을 피가 날 정도로 물어뜯었을 뿐이다. 하지만 그것이 무슨 소용이 있겠는가! 오벨은 다에에게 죽을 때까지 이 저택에서 살아도 좋다고 허락했다. 그러나 그는 전혀 고마워하지 않았다. 나는 똑똑히 들었다. 빈털터리가 된 발데마르 다에는 더욱 교만하게 고개를 치켜들고는 그 호의를 거절했다. 나는 영지와 저택을 부지런히 돌아다니다가 늙은 보리수나무에 부딪혔고, 이때 굵은 가지 하나가 부러져 땅에 떨어졌다. 썩은 가지는 아니었다. 문 앞에 놓여 있는 가지는 누군가 청소를 하려고 그곳에 가져다 놓은 빗자루처럼 보였다. 실제로 저택에서는 내가 예상한 대로 다른 종류의 청소가 이루어지기는 했다. 사람들이 떠난 것이다.

비통한 날이 왔다. 견디기 힘든 운명의 날이었으나 그들의 의지는 꼿꼿했고 그들의 고개는 숙여질 줄을 몰랐다.

그들이 가진 것이라곤 몸에 걸친 옷을 제외하면 연금술사의 유리병이 전부였다. 유리병은 얼마 전에 구입한 것으로, 그 안에는 땅에서 긁어모은 갖가지 물질들이 가득했다. 수많은 것을 약속해 주는 보물인 줄 알았으나 끝내 아무것도 주지 않았던 잡동사니들. 발데마르 다에는 맨가슴에 유리병을 끌어안고 손에는 지팡이를 쥔 채, 한때 자신이 영화를 누리던 보레비 저택을 딸들과 함께 떠났다. 나는 뜨겁게 달아오른 그의 뺨 위로 입김을 불었다. 하얗게 변한 그의 수염과 긴 머리칼을 쓰다듬었다. 그리고 내가 알고  있는 노래를 불렀다. 후-! 떠나라, 저 먼 나라로! 그것은 부유했던 한 집안의 몰락이었다.

이데와 안나 도로테아가 아버지의 양쪽에서 걸었다. 요한네는 성문을 나설 때 저택을 뒤돌아보았다. 왜 그랬을까? 그런다고 행운이 돌아오는 것도 아닌데 말이다. 그녀는 저택의 담장, 마르스크 스티그 성에서 온 붉은 돌들을 응시했다. 혹시 노래 속에 나오는 마르스크 딸들의 운명을 떠올린 것은 아닐까?

큰딸과 작은딸이 손을 잡고

머나먼 세상으로 떠나노라!

하지만 지금 이들은 세 명이다. 그리고 아버지도 함께 있다. 그들은 항상 마차를 타고 지나가던 거리를 터덜터덜 걸어서 갔다. 그들이 향한 곳은 마을의 가장 바깥쪽에 있는 초라한 오두막집이었다. 집세가 1년에 10마르크인 그 오두막집은 아무런 가구도 없이 사방 벽이 텅텅 비었고 먹을 것도 하나 없었다. 그들은 그곳에서 살게 해 달라고 주인에게 사정해야만 했다. 까마귀들이 머리 위에서 빙빙 돌면서 비웃듯이 큰 소리로 떠들었다. 보레비 숲이 파괴되던 그날, 새들의 울음처럼.

"둥지에서 나와라! 둥지에서 나와라! 어서! 어서!"

다에와 그의 딸들에게도 그 소리는 들렸다. 나는 딸들의 귀에 바람을 불어 넣었다. 딸들까지 굳이 그 소리를 들어야 할 필요는 없었다.

그날 이후 그 외딴 오두막이 그들의 집이 되었다. 나는 늪과 들판을 넘어 앙상한 나무들과 헐벗은 숲을 지나 광활한 대양으로, 광활한 땅으로 갔다. 후-! 저 먼 나라로! 떠나라! 떠나라! 그리고 해마다 그 길을 왕복했다.

발데마르 다에와 그의 딸들은 어떻게 되었나?

내가 마지막으로 본 사람은 창백한 히아신스, 안나 도로테아였다. 그녀는 나이 들었고 허리가 굽어 있었다. 50년이나 세월이 흘렀으니 당연했다. 그녀는 가족 중에서 가장 오래 살아남았다. 그래서 가족의 역사를 다 알고 있었다.

저 황야 너머의 비보르그 시 인근에는 붉은 벽돌로 지은 계단식 박공지붕 집이 서 있었다. 그 멋진 저택은 새로 선출된 교구장의 소유였다. 굴뚝에서는 연기가 무럭무럭 피어올랐다. 상냥한 안주인과 사랑스러운 딸들이 창가에 앉아서 정원에 있는 구기자나무 뒤편의 먼 갈색 황야를 바라보고 있었다. 그들은 무엇을 응시하는 것일까? 그들의 시선은 황야 한가운데에서 쓰러져 가는 오두막 위 황새 둥지에 고정되어 있었다. 지붕이라고 부르기도 민망한 상태의 오두막 지붕은 이끼와 잡초로 뒤덮였다. 하지만 지붕을 가장 많이 차지하고 있는 것은 황새의 둥지였다. 그 둥지 덕분에 지붕은 완전히 무너지지 않고 온전하게 형체를 지탱하고 있었던 것이다.

오두막은 볼 수는 있었으나 건드리면 안 되었다. 나는 아주 조심스럽게 오두막 주변을 에둘러 가야만 했다. 교구장이 오두막을 철거해 버리지 않은 건 황새 둥지 때문이었다. 황새만 아니라면 오두막은 황야의 흉물 그 자체일 뿐이었다. 교구장은 황새를 쫓아 버리고 싶지 않았다. 그래서 오두막을 건드리지 않았고, 그 안에 사는 가난한 여인도 쫓겨나지 않을 수 있었다. 여인이 황새에게 감사할 일이었다. 그런데 어쩌면 그것은, 그 옛날 보레비 숲에서 검은 사촌의 둥지가 위기에 처했을 때 여인이 나서서 지켜 준 것에 대한 황새들의 보답이 아니었을까? 이 가난한 여인은 당시 어여쁘고 착하던 소녀, 귀족의 정원에 핀 한 떨기 창백한 히아신스였다. 그녀는 모든 것을 기억하고 있었다. 그녀, 안나 도로테아는.

"아!"

그녀가 갈대숲 사이를 지나는 바람처럼 한숨을 쉬었다.

"아! 아버지 발데마르 다에의 무덤 위로는 단 한 번의 조종(弔鐘)도 울리지 않았구나! 보레비 저택의 옛 주인이 땅에 묻힐 때 학교의 가난한 아이들조차도 노래를 불러 주지 않았구나! 그러나 모든 것은 지나갈 것이니, 고통 또한 지나가리라! 이데 언니는 농노의 아내가 되었지. 우리 아버지에게 그것은 가장 큰 참혹이었어. 사랑하는 딸의 남편이 주인의 뜻에 따라 목숨이 좌지우지되는 하찮은 농노라니! 그 농노도 이제는 죽어서 땅 밑에 있겠지. 이데 언니 역시 마찬가지이겠지? 아, 그런데 내 비참한 삶은 아직 끝나지 않았어! 풍요의 그리스도여, 나를 가엾게 여기고 삶에서 구원해 주세요!"

황새들 덕분에 간신히 지탱하고 있는 남루한 오두막 안에서 안나 도로테아의 기도가 들렸다.

나는 다에의 딸들 중에서 가장 올바른 이 소녀를 돌봐 주었다. 그녀의 선행이 자신을 구한 것이다. 그녀는 사내아이로 분장하고 한 선원의 하인이 되어 일했다. 그녀는 말을 거의 하지 않았고 잘 웃지도 않았지만 일은 열심히 했다. 하지만 돛대에 기어올라 가는 것만은 할 수 없었다. 그래서 나는 그녀를 갑판에서 밀어 버렸다. 안 그랬다면 누군가가 그녀가 여자임을 알아차렸을지도 모르니까. 지금 생각해 봐도 그건 잘한 결정이었다.

부활절 아침이었다. 오래전 발데마르 다에가 자신이 붉은 금을 발견했다는 착각으로 기뻐서 날뛰던 바로 그날. 황새 둥지 아래의 쓰러져 가는 벽들 사이에서 찬송가 소리가 들려왔다. 안나 도로테아가 부르는 마지막 노래였다.

오두막에는 유리창이 없었고 그냥 담벼락에 구멍 하나가 뚫려 있을 뿐이었다. 황금 공처럼 떠오른 눈부신 태양 빛이 구멍으로 비쳐 들었다. 마치 섬광처럼! 그녀의 눈은 빛을 잃었고, 그녀의 심장은 멈추었다. 하지만 그날 아침 태양 빛이 그녀를 정통으로 비추지 않았더라도 결국 마찬가지였으리라.

황새는 그녀가 생을 마감할 때까지 머리 위에 지붕을 마련해 주었다! 나는 그녀의 무덤 위를 떠돌며 노래를 불렀다! 그녀 아버지의 무덤으로 가서도 노래를 불렀다. 그가 어디에 묻혔는지, 그녀의 무덤이 어디 있는지 나는 다 알고 있다. 오직 나만이 그것을 알고 있다.

VINDEN FORTÆLLER OM VALDEMAR DAÆ
OG HANS DØTRE

Når vinden løber hen over græsset, da kruser det sig som et vand, løber den hen over kornet, da bølger det som en sø, det er vindens dans, men han den fortæller; den synger det ud, og anderledes klinger det fra Møvens tr... end igennem murens lydhuller, sprækker og revner. Ser du, hvor valen deroppe jager skyerne, som var de en fårehjord! hører du, hvor vinden ...

225.

새 시대가 왔다! 세상은 달라졌다! 옛날의 시골길은 울타리로 둘러싸인 경작지가 되고 무덤들 위로는 큰 도로가 생겼다. 이제 곧 증기를 내뿜는 긴 열차가 나타나 무덤들 위를 지나 먼 곳으로 달려갈 것이다. 이름조차 잊힌, 수많은 무덤들 위로. 후-! 떠나라, 저 먼 나라로!

이것이 발데마르 다에와 그의 딸들의 이야기이다. 누가 나보다 그들에 관해서 더 잘 이야기할 수 있겠는가!

이야기를 마친 바람은 몸을 돌렸다.

그리고 가 버렸다.

7

백조 왕자

De Vilde Svaner

아주 먼 나라의 이야기이다. 겨울이 찾아오면 제비들이 날아가는 곳, 그 나라에 한 왕이 살았다. 왕에게는 열한 명의 왕자와 한 명의 공주 엘리자가 있었다. 열한 명의 왕자들은 가슴에 별을 달고 허리에는 칼을 차고 학교에 다녔다. 왕자들은 황금 칠판에 다이아몬드 석필로 글자를 썼고, 소리 내어 암송하면서 내용도 금방 이해하곤 했다. 그래서 누구나 다 그들이 왕자라는 사실을 알 수 있었다. 누이동생 엘리자는 수정으로 된 조그만 의자에 앉아 그림책을 보면서 놀았다. 그림책은 왕국의 절반을 주어야 살 수 있을 만큼 값진 물건이었다.

아이들은 정말로 행복하게 자랐다. 그러나 슬프게도 행복은 오래가지 못했다.

어느 날 왕은 못된 여자를 왕비로 맞고 말았다. 새 왕비는 아이들을 전혀 좋아하지 않았다. 첫날부터 아이들은 그런 사실을 분명하게 느꼈다. 궁전 전체가 떠들썩하게 결혼을 축하하는 연회가 열렸고 많은 손님들이  초대되었다. 그런데 그날 아이들이 음식으로 받은 것은 평소처럼 맛있는 과자와 구운 사과가 아니라, 찻잔에 가득 담긴 모래였다. 심지어 새 왕비는 그것을 건네주면서 진짜 음식을 먹는 척하라고 지시했다.

결혼식 일주일 후에 왕비는 어린 엘리자를 시골의 농가로 보내 버렸다. 그리고 왕자들에 관한 험담을 교묘하게 꾸며 내서 왕에게 계속 일러바친 바람에, 얼마 지나지 않아서 왕은 왕자들에게서 모든 관심을 거두어 버렸다.

못된 왕비는 왕자들에게 저주를 퍼부었다.

"멀리 세상 밖으로 날아가 버려라! 이제 너희들끼리 알아서 살아! 말 못 하는 바보 새가 되어 버려!"

그런데 못된 왕비의 저주는 그녀가 바라는 만큼의 효력을 발휘

하지 못했다. 왕자들은 열한 마리의 아름다운 백조로 변했기 때문이다. 구슬픈 울음소리와 함께 백조들은 궁전 창을 통해서 밖으로 날아갔다. 정원을 지나고 숲을 넘어 멀리멀리 날아갔다.

누이동생 엘리자가 자고 있는 농가에 백조들이 도착한 때는 아주 이른 아침이었다. 지붕 위를 빙빙 돌면서 날던 백조들은 긴 목을 이리저리 돌리고 날개를 부딪쳐 탁탁 소리를 냈다. 하지만 아무도 그 소리를 듣지 못했고 아무도 그들을 보지 못했다. 백조들은 계속해서 멀리 날아가야만 했다. 구름에 닿을 만큼 높이 날아올라 머나먼 세계의 저 먼 곳으로, 그 끝에 바다가 있는 크고 아득하고 어두운 숲 속으로 날아갔다.

가엾은 엘리자는 농가의 작은 방 안에서 초록 이파리를 가지고 놀았다. 다른 장난감이라곤 전혀 없었기 때문이다. 이파리에 작은 구멍을 뚫고 그것을 통해서 해님을 올려다보았다. 그러면 마치 오빠들의 빛나는 눈동자를 보는 것 같았다. 따스한 햇살이 뺨을 스칠 때마다 엘리자는 그것이 오빠들의 다정한 입맞춤이라고 생각했다.

매일매일 똑같은 하루가 흘러갔다. 집 앞의 장미 울타리를 흔들고 지나가는 바람이 장미에게 속삭였다.

"세상에 누가 너보다 더 어여쁠 수 있을까?"

그러면 장미꽃은 고개를 흔들며 대답하는 것이다.

"엘리자가 훨씬 더 어여쁘지!"

일요일 한낮, 나이 든 여인이 문간에 앉아 기도서를 읽고 있으면 지나가던 바람이 기도서의 페이지를 넘기며 물었다.

"세상에 누가 너보다 더 믿음이 깊을 수 있을까?"

"엘리자가 훨씬 더 믿음이 깊지!"

기도서는 이렇게 대답했다. 장미꽃과 기도서의 말은 사실이었다.

엘리자는 열다섯 살이 되던 해, 연락을 받고 궁전으로 돌아왔다. 그러나 눈부시게 아름다운 소녀로 자라난 엘리자를 본 순간 못된 왕비는 엘리자가 미워서 견딜 수가 없었다. 마음 같아서는 당장에 라도 오빠들처럼 백조로 만들어 버리고 싶었으나 아직은 감히 그렇게 할 수 없었다. 왕이 엘리자를 만나고 싶어 했기 때문이다.

이른 아침, 못된 왕비는 욕실로 갔다. 폭신한 소파가 놓이고 최고급 카펫이 깔린 호화로운 대리석 욕실이었다. 왕비는 두꺼비 세 마리를 데려와서 각각 입을 맞춘 후 첫 번째 두꺼비에게 말했다.

"엘리자가 목욕하러 들어오면 머리 위에 앉아. 그러면 너처럼 아둔해질 테니까!"

두 번째 두꺼비에게 말했다.

"넌 이마 위에 앉아 버려. 그러면 너처럼 흉측하게 변해서 왕이 그 애를 알아보지 못할 테니까!"

세 번째 두꺼비에게 속삭였다.

"너는 엘리자의 가슴 위에 올라앉는 거야. 마음까지도 흉측해지게 말이야. 그래서 끊임없이 번뇌에 시달리게 만들어 버려!"

왕비는 두꺼비 세 마리를 욕조의 맑은 물속에 풀어 놓았다. 그러자 물은 순식간에 칙칙한 초록빛으로 변했다. 왕비는 엘리자를 불러 옷을 벗기고 욕조 속으로 들어가게 했다. 엘리자가 물속으로 들어가자 두꺼비 한 마리가 그녀의 머리에 달라붙었고 다른 한 마리는 이마에, 그리고 또 다른 한 마리는 가슴에 올라앉았다. 하지만 엘리자는 그것을 알아차리지 못하는 것 같았다. 목욕을 마친 엘리자가 욕조에서 나올 때 물 위에는 양귀비꽃 세 송이가 떠 있을 뿐이었다. 만일 두꺼비들이 마녀의 입맞춤을 받지 않고 독을 품지 않았더라면, 그것들은 붉은 장미로 변했으리라. 어쨌든 순수한 엘리자의 이마와 가슴에 닿았기 때문에 두꺼비들은 꽃이 되었다. 엘리자의 깊은 믿음과 순결함은 그 어떤 마법의 힘보다 강했던 것이다.

이것을 본 못된 왕비는 호두즙을 엘리자의 몸에 마구 문질렀다. 그러자 엘리자의 피부는 순식간에 거무튀튀해졌다. 엘리자의 고운 얼굴에는 고약한 냄새가 나는 기름을 바르고 머리칼은 헝클어뜨려 산발을 만들었다. 원래의 아리따운 모습은 도저히 찾아볼 수가 없었다.

그래서 아버지인 왕도 엘리자를 보고 깜짝 놀라며 이 아이는 자신의 딸이 아니라고 말해 버렸다. 궁전의 다른 사람들도 모두 마찬가지였다. 단지 궁전을 지키는 개와 제비들만이 엘리자를 알아보았다. 하지만 그것들은 말을 못 하는 짐승이었으므로 아무 소용이 없었다.

가엾은 엘리자는 울면서 궁전을 빠져나왔다. 슬픔에 잠긴 엘리자는 사라진 오빠들을 생각하며 하루 종일 걷고 또 걸었다. 들판을 지나고 늪지를 지나 커다란 숲으로 들어섰다. 어디로 가야 하는지도 모른 채 무작정 걸었다. 엘리자는 오직 오빠들 생각뿐이었다. 오빠들이 그리워서 가슴이 터질 것 같았다. 그들 역시 엘리자처럼 세상 밖으로 쫓겨나 이처럼 정처 없이 돌아다닐 터였다. 엘리자는 오빠들을 찾기로 마음먹었다.

숲으로 들어온 지 얼마 지나지 않아 날이 어두워졌다. 엘리자는 숲 한가운데에서 길을 잃었다. 엘리자는 부드러운 이끼 위에 누워 잠을 자기로 했다. 저녁 기도를 올린 후 나무 그루터기에 머리를 기댔다. 사방은 고요했다. 밤의 대기는 온화했고 주변의 풀과 이끼 위로는 수백 마리의 반딧불이가 은은한 초록빛을 밝히며 돌아다녔다. 엘리자가 가지 하나를 살짝 건드리자, 반짝거리는 작은 벌레들이 별똥별처럼 그녀의 위로 쏟아져 내렸다.

밤새도록 엘리자는 오빠들 꿈을 꾸었다. 그들은 다시 어린 시절로 돌아가 함께 어울려 놀았다. 다이아몬드 석필로 황금 칠판에 글자를 쓰고, 왕국의 절반이나 주어야 살 수 있는 아름다운 그림책을 보았다. 그러나 어린 시절에 그랬던 것처럼 칠판에 동그라미나 줄을 그으면서 논 것이 아니라 그들이 행했던 용감한 모험들과 경험했던 일들, 그리고 온 세계에서 보았던 신기한 일에 대해서 적었다. 그림책의 그림들은 모두 살아 있어서·새들은 실제로 노래하고 사람들은 책 속에서 빠져나와 엘리자와 오빠들과 대화를 나누었다. 하지만 엘리자가 책장을 넘기려 하면 그들은 서둘러서 다시 책 속으로 뛰어 들어가는 것이었다. 자칫하다가는 그림의 순서가 엉망이 될 테니 말이다.

엘리자가 잠에서 깨어나니 벌써 태양은 높이 떠올라 있었다. 키가 큰 나무들이 가지로 그늘을 만드는 바람에 해를 직접 볼 수는 없었지만 나뭇잎 사이로 스며든 햇살이 금빛으로 어룽거리며 사방에 일렁이고 있었다. 대기는 숲의 초록 내음과 싱그러운 풀 향기로 가득했고 새들은 엘리자의 어깨 위에 올라앉을 듯 가까이 다가오며 맑은 소리로 노래했다. 졸졸 흐르는 물소리가 들렸다. 숲에는 물이 풍부한 샘이 아주 많았고, 그 물들이 하나로 모여 연못을 만들었다. 연못 바닥에는 희고 고운 모래가 깔려 있었다. 연못 주변에는 짙은 덤불이 빽빽이 우거져 있었는데, 다행히도 사슴이 덤불 사이에 통로를 만들어 놓았다. 그 통로를 따라서 엘리자는 연못으로 다가갈 수 있었다. 연못의 물이 얼마나 맑고 투명한지, 수면에 비친 나뭇가지와 풀잎이 바람에 흔들리지 않았다면 엘리자는 그 모습이 연못 바닥에 그려진 그림이라고 믿었을 것이다. 햇빛이 환하게 비치는 곳이든 아니면 그늘 속에 가려진 곳이든 상관없이, 수면에 비친 사물들은 풀잎 하나하나까지 실제와 다름없이 정교했다.

물에 자신의 얼굴을 비추어 본 엘리자는 소스라치게 놀랐다. 시커멓고 흉측했기 때문이다. 하지만 손에 물을 적셔 이마와 눈을 닦아 내자, 원래의 고운 피부가 바로 드러났다. 엘리자는 옷을 벗고 맑은 물속으로 들어갔다. 그러자 세상에 둘도 없이 어여쁜 공주의 모습으로 되돌아왔다.

다시 옷을 입고 긴 머리를 땋아 내린 엘리자는 맑은 물이 퐁퐁 솟아나는 샘으로 가서 손으로 물을 떠 마신 후 숲 속 깊숙이 들어갔다. 특별히 어디로 가야겠다는 목적이 있는 것은 아니었다. 단지 오빠들을 생각했고, 어떤 난관이 닥쳐도 신은 자신을 버리지 않을 것이라는 확신을 가졌다. 배고픈 사람을 위해 숲 속에 야생 능금이 자라도록 하는 신이 능금나무가 있는 곳으로 엘리자를 인도했다. 나뭇가지에는 열매들이 묵직하게 달려 있었다. 엘리자는 능금으로 점심 식사를 했고, 막대기를 주워서 열매로 축 늘어진 가지를 받쳐 주었다. 그리고 어두운 숲 속으로 점점 더 깊이 들어갔다. 사방은 너무도 고요하여 엘리자의 귀에는 자신의 발소리와 발아래서 마른 나뭇잎들이 바스락거리는 소리만이 들렸다. 커다란 나무가 가득 우거진 깊은 숲 속에는 새 한 마리 보이지 않고, 빽빽한 가지 사이로는 햇살도 전혀 비쳐 들지 않았다. 까마득하게 키 큰 나무들이 너무도 촘촘하게 서 있어서, 커다란 대들보나 나무 기둥이 끝없는 울타리처럼 자신을 둘러싸고 있다는 생각이 들 정도였다. 숲은 엘리자가 한 번도 겪어 보지 못한 거대한 고독의 세계였다.

밤은 칠흑같이 깜깜했다. 이끼 위에 반짝이는 작은 반딧불이 한 마리조차 보이지 않았다. 슬픈 마음으로 엘리자는 잠자리에 누웠다. 눈을 감은 엘리자는 머리 위에서 나뭇가지들이 열리고, 그 사이로 신의 부드러운 눈길이 자신을 내려다보고 있다는 기분이 들었다. 신의 머리와 팔 밑에서 천사들이 고개를 내밀고 엘리자를 바라보았다.

다음 날 아침, 잠에서 깨어난 엘리자는 지난밤 자신이 본 것이 실제인지 꿈인지 분간할 수가 없었다.

숲 속을 잠시 걷던 엘리자는 바구니를 들고 산딸기를 따러 나온 노파와 마주쳤다. 노파는 엘리자에게 산딸기를 조금 나누어 주었다. 엘리자는 노파에게 혹시 말을 타고 숲 속을 지나가는 열한 명의 왕자들을 보았느냐고 물었다. 노파는 고개를 저었다.

"못 봤는데. 하지만 어제 머리에 황금관을 쓴 열한 마리의 백조가 이 근처 강에서 헤엄치는 것을 보았단다."

그러면서 노파는 엘리자를 강이 흐르는 산비탈로 데려다주었다. 아래에는 강물이 흘렀고, 강 양쪽의 나무들은 잎이 가득한 가지들을 맞은편으로 뻗고 있었다. 또한 원래는 서로 닿을 수 없는 자리에 있는 뿌리까지도 흙 위로 솟아나 반대편을 향해 강물 위로 긴 아치를 만들며 손을 맞잡듯이 엉켜 있었다.

노파와 작별한 엘리자는 강물을 따라 걸었다. 얼마나 지났을까, 이윽고 강이 바다와 이어지며 넓게 트인 해변이 나타났다.

엘리자의 눈앞에 광대한 바다가 펼쳐졌다. 하지만 그 바다에는 작은 돛단배 하나 보이지 않았다. 이제 어디로 간단 말인가. 엘리자는 해안에 가득한 조약돌만 하염없이 바라보았다. 기나긴 세월 동안 파도에 수만 번 씻긴 조약돌들은 뾰쪽한 모서리 없이 모두 매끈매끈했다. 조약돌뿐 아니라 유리 조각, 쇳조각, 돌멩이 등 해안에 있는 모든 것이 오직 물로 형상을 얻은 존재들이었다. 엘리자의 고운 손보다도 더욱 연약한 물로 인해서.

"파도는 절대 지치는 법 없이 밀려오기를 반복하는구나. 오직 그 방법만으로 이 딱딱한 것들을 매끈하게 변화시켰어. 나도 투명하고 끊임없는 파도를 닮고 싶어! 밀려오는 파도야, 좋은 가르침을 주어서 고마워. 네 덕분에 언젠가는 오빠들을 만날 수 있을 거라는 믿음이 생겼어!"

물에 씻겨 반들반들한 해초 위에 열한 개의 백조 깃털이 떨어져 있었다. 엘리자는 깃털을 주워서 꽃다발처럼 하나로 모았다. 깃털 위에 물방울이 떨어졌다. 그것은 이슬이었을까, 아니면 눈물이었을까. 아무도 없는 해변은 쓸쓸했지만 엘리자는 쓸쓸함을 느끼지 못했다. 매 순간 변화하는 바다 덕분이었다. 내륙의 호수가 1년에 걸쳐 보여 주는 풍경을 바다는 겨우 몇 시간 안에 전부 나타낼 수가 있었다. 검은 비구름이 몰려오면 바다는 마치 이렇게 말하는 것 같았다.

"나도 음산해질 수 있어!"

바람이 불면 파도가 일면서 흰 물거품이 하늘로 치솟았다. 하지만 그러다가도 바람이 잦아들고 구름이 붉은빛으로 변하면 바다는 장미 이파리처럼 부드러워졌다. 바다는 초록빛이 되었다가 또 흰빛으로 바뀌었다. 하지만 파도가 없고 수면이 고요할 때라도 해변에는 항상 잔잔한 물살이 일고 있었다. 바다는 잠자는 아이의 가슴처럼 위아래로 쉴 새 없이 움직였다.

해가 서쪽으로 기울 무렵, 머리에 황금 왕관을 쓴 열한 마리의 백조들이 줄을 지어 육지를 향해 날아왔다. 마치 하늘에 거대한 하얀색 리본이 펼쳐진 것 같았다. 엘리자는 산비탈을 올라가 수풀 속에 몸을 감추었다. 백조들은 가까운 곳에 날개를 접고 앉아 거대하고 흰 날개를 퍼덕였다.

해가 수평선 아래로 가라앉자 백조들의 몸에서 깃털이 모두 떨어지더니 그들은 열한 명의 늠름한 왕자들로 변했다. 바로 엘리자의 오빠들이었다. 엘리자의 입에서 자신도 모르게 환희의 외침이 터져 나왔다. 오빠들의 모습이 많이 변하기는 했지만 그래도 엘리자는 알아볼 수 있었다. 오빠들이 틀림없었다. 엘리자는 기쁨에 겨워 오빠들의 이름을 부르며 그들의 품으로 뛰어들었다. 그동안 많이 자라고 놀랍도록 아름다워진 엘리자를 알아본 오빠들도 행복해서 어쩔 줄을 몰랐다. 그들은 함께 얼싸안은 채 웃고 울었다. 그리고 나쁜 계모가 자신들을 괴롭힌 장본인이라는 사실을 분명하게 확인했다.

큰오빠가 사정을 설명했다.

"하늘에 해가 떠 있는 동안 우리들은 백조가 되어 날아다녀야 한단다. 그리고 해가 진 다음에야 인간의 모습으로 돌아올 수가 있어. 그래서 해가 저물 무렵에는 반드시 두 발로 디딜 수 있는 땅에 내려와 있어야만 해. 그러지 않고 계속 구름 속을 날고 있다가는 해가 지는 즉시 추락해 버릴 테니까. 우리는 멀리 바다 건너편에 살고 있어. 이곳과 마찬가지로 참으로 아름다운 곳이지. 그런데 그곳으로 가는 길이 너무도 멀어서 도중에 바다 위에서 하룻밤을 보내야만 한단다. 바다에는 섬이 없어. 단지 조그만 바위가 바다 한가운데에 솟아 있을 뿐이지. 바위는 매우 작아서 우리가 서로 촘촘하게 몸을 붙이고 간신히 서 있을 수 있는 정도야. 파도가 심한 밤에는 물보라가 우리를 그대로 덮치기도 한단다. 그래도 그곳에서나마 인간의 모습으로 밤을 지새울 수 있으니 참으로 감사한 일이지. 바다를 건너는 데는 1년 중에서 해가 가장 긴 때에도 이틀 낮이 꼬박 걸리는데 그 바위가 없다면 우리는 아예 고향을 찾지 못할 테니 말이다. 그래서 우리는 1년에 단 한 차례만 여기 올 수 있어. 여기서 열하루 동안 머문단다. 그동안 숲으로 날아가서 우리가 태어난 곳이며 지금도 아버지가 살고 있는 궁전을 둘러보곤 하지. 우리 어머니가 묻혀 있는 교회 탑도 바라보고. 나무 한 그루, 풀 한 포기까지도 모두 친숙하고 정겨워. 평원에는 우리가 어린 시절에 본 것처럼 변함없이 야생마들이 뛰놀고, 숯 굽는 사람들은 우리가 어릴 때 들으면서 춤추었던 바로 그 옛 노래를 부르고 있어. 여기가 우리의 고국이야. 그래서 우리는 이곳으로 올 수밖에 없어. 그런데 여기서 사랑하는 누이동생인 너까지 다시 만나게 되다니! 우리는 이곳에서 이틀을 더 머물고 다시 바다를 건너가야 해. 아름답지만 우리의 고국은 아닌 곳으로 말이야. 그런데 너를 어떻게 데려가야 할까? 안타깝게도 우리는 배도 보트도 없는데.”

“어떻게 하면 오빠들을 마법에서 구해 낼 수 있을까요?”

엘리자가 물었다.

그리고 그들은 서로 못다 한 이야기를 나누며 밤을 새우다시피 했고, 동트기 직전에 겨우 눈을 붙였다.

엘리자가 날갯짓 소리에 잠에서 깨어나니, 이미 백조로 변한 오빠들이 머리 위에서 날고 있었다. 그들은 커다랗게 원을 그리며 멀어져 갔다. 하지만 막내 오빠만은 엘리자 곁에 남았다. 백조는 머리

를 엘리자의 무릎에 묻었고 엘리자는 백조의 흰 깃털을 쓰다듬었
다. 하루 종일 그들은 그렇게 머물렀다. 저녁 무렵이 되자 다른 오빠
들이 돌아왔다. 해가 지고 나니 오빠들은 사람의 모습을 되찾았다.

오빠들 중 하나가 말했다.

"내일 우리는 떠나야 한단다. 1년이 지난 다음에야 다시 돌아올
수가 있어. 그러나 너를 여기 혼자 두고 떠날 수는 없어! 우리와 함
께 갈 수 있겠니? 나는 팔 힘이 좋으니 너를 안고 숲을 지나갈 수 있

어. 그러니 우리의 날개도 너를 데리고 바다를 건널 수 있을 만큼 강할 거야."

"네, 나를 데려가 줘요!"

그날 밤늦도록 엘리자는 유연한 버드나무 껍질과 질긴 갈대로 그물을 짰다. 완성된 그물은 크고 튼튼했다. 엘리자는 그물 위에 누워 잠이 들었다. 해가 떠오르자 백조로 변한 오빠들이 부리로 그물을 들어 올렸다. 백조들은 누이동생이 잠든 그물을 물고 구름 위까지 올라갔다. 태양 빛이 엘리자의 얼굴로 쏟아지자 백조 한 마리가 그녀의 머리 위에 커다란 날개를 펴고 그늘을 만들었다.

엘리자가 잠에서 깨었을 때 그들은 이미 육지에서 멀리 떨어진 바다 위를 날고 있었다. 마치 꿈을 꾸고 있는 것만 같았다. 공중을 높이 훨훨 날다니 정말로 신기할 따름이었다. 엘리자의 곁에는 잘 익은 열매가 달린 나뭇가지와 맛있고 향기 좋은 뿌리 한 묶음이 놓여 있었다. 막내 오빠가 갖다 놓은 것이었다. 엘리자는 자신의 머리 바로 위를 날면서 날개로 그늘을 만들어 주는 막내 오빠에게 감사의 미소를 보냈다.

그들은 아주 높이 날았으므로 저 아래로 지나가는 첫 번째 배는 물 위에 내려앉은 갈매기처럼 조그맣게 보였다. 그들 뒤에는 산처럼 거대한 구름이 따라오고 있었는데, 구름 위로 엘리자와 열한 마리 백조들의 그림자가 커다랗게 비쳤다. 그것은 엘리자가 보았던 그 어떤 그림보다도 웅장하고 아름다웠다. 하지만 태양이 점점 더 높이 떠오르고 구름이 저 뒤편으로 밀려나자 그림자도 함께 사라져 버렸다.

백조들은 하루 종일 바람을 가르며 화살처럼 빠른 속도로 날았다. 하지만 엘리자를 실은 그물을 물고 가야 했으므로 평소보다는 느릴 수밖에 없었다. 저녁이 다가오자 폭풍우가 몰아칠 듯 날이 어두워졌다. 걱정스러운 마음에 엘리자는 빠르게 기우는 태양을 가슴을 졸이면서 바라보았다. 바다 한가운데에 있다는 작은 바위는 아직 보이지 않았다. 백조들이 더욱 세차게 날갯짓을 하는 것이 느껴졌다. 아, 그녀 때문에 오빠들이 더 빨리 날지 못하는 것이다! 이 대로 해가 수평선 아래로 떨어진다면, 오빠들은 사람으로 변해서 모두 바다에 빠져 죽게 될 것이다. 엘리자는 간절한 마음으로 신에게 기도를 올렸다. 하지만 여전히 바위의 모습은 흔적도 없었다. 먹구름이 하늘을 가득 메우더니 사나운 바람이 휘몰아치기 시작했다. 시커먼 구름은 하늘로 치솟은 거대한 파도처럼, 금방이라도 그들을 집어삼킬 듯이 위협적으로 몰려왔다. 구름 사이로 번갯불이 끊임없이 번득였다.

이제 태양은 거의 수평선에 닿을 정도로 내려왔다. 엘리자의 심장은 미친 듯이 뛰었다. 백조들이 빠르게 아래로 떨어지고 있었다. 이대로 바다에 빠지고 마는 것일까? 하지만 백조들은 다시 힘을 내

어 위로 올라갔다. 해는 수평선에 절반이나 잠긴 상태였다. 그때 비로소 엘리자는 바다 저 멀리 떠 있는 작은 바위 하나를 발견했다. 얼마나 작은지 물개가 머리를 내밀고 있는 것만 같았다. 해는 빠른 속도로 가라앉고 있었다. 이제는 물 밖으로 보이는 부분이 별처럼 조그만 점에 불과했다. 엘리자의 발이 단단한 땅에 닿는 것과 동시에, 태양은 다 타 버린 종이가 마지막 불씨를 거두어 가듯이 그렇게 바다 아래로 꺼져 버렸다. 오빠들은 서로 팔짱을 낀 자세로 엘리자의 주위를 빙 둘러싸고 서 있었다. 바위는 엘리자와 오빠들이 발을 디디고 서 있는 자리 말고는 한 치의 여유 공간도 없었다. 사나운 파도가 쉴 새 없이 바위를 때렸고 그들의 머리 위로 소나기 같은 물보라가 쏟아졌다. 하늘에서는 번개가 끊이지 않고 번쩍거렸으며 천둥소리는 밤새도록 요란했다. 하지만 열한 명의 오빠와 누이동생은 서로 잡은 손을 놓지 않았고, 용기와 위안을 얻기 위해 계속해서 찬송가를 불렀다.

다음 날 아침이 밝자 바람이 잠잠해졌다. 백조들은 엘리자의 그물을 물고 다시 길을 떠났다. 바다는 여전히 파도가 거셌다. 공중에서 내려다보자, 어두운 초록색의 광대한 바다 위에 떠 있는 흰 파도 거품이 마치 헤엄치는 수백만 마리의 백조 같았다.

태양이 높이 떠올랐다. 엘리자의 눈앞에 눈부신 얼음을 꼭대기에 이고 있는 거대한 산이 공중을 떠다니는 것처럼 나타났다. 산 중

턱에는 성벽이 수 마일이나 되며 기둥들이 늘어선 회랑을 갖춘 커다란 성이 자리 잡고 있었다. 성 아래에는 야자수가 우거지고 물레방아 바퀴만큼이나 큰 꽃들이 피어 있었다. 엘리자는 눈앞에 보이는 저곳이 그들이 가는 나라인지 물었다. 그러나 백조들은 머리를 저었다. 엘리자가 본 것은 끊임없이 변하는 구름이 만들어 내는 신기루이기 때문이다. 그곳은 인간들이 갈 수 없는 세계였다. 엘리자는 눈앞의 풍경을 뚫어져라 응시했다. 그러자 산과 숲과 성은 눈 녹듯이 허물어지고 그 자리에 스무 개나 되는 웅장한 교회 건물이 솟아났다. 다들 높은 종탑과 아치형 창문이 달린 똑같은 모양이었다. 엘리자의 귀에 교회에서 오르간 소리가 들려오는 것만 같았다. 하지만 사실 그것은 파도 소리일 뿐이었다. 교회들이 바로 코앞으로 아주 가까이 다가왔다. 그러다 순식간에 교회는 저 아래 바다에서 항해하는 배로 바뀌었다. 엘리자는 아래를 내려다보았다. 물 위를 떠다니는 것은 오직 희뿌연 해무뿐이었다. 이렇듯 엘리자의 눈앞에는 끊임없이 변화하는 온갖 신기루가 나타났다가 사라지기를 반복했다. 드디어 그들의 실제 목적지가 보이기 시작했다. 삼나무 숲이 우거진 아름다운 푸른 산들과 도시들과 성들이 있었다. 해가 지기 한참 전에, 그들은 산비탈에 있는 커다란 동굴 앞에 내려앉을 수 있었다. 동굴 입구에는 무성하게 자라난 부드러운 녹색 덩굴들이 자연스러운 장막을 만들었다.

"오늘 밤 이곳에서 편안한 꿈을 꾸렴!"

막내 오빠가 엘리자를 잠자리로 안내하면서 말했다.

"내가 꾸고 싶은 꿈은 오직 하나, 오빠들이 마법에서 풀려나도록 하는 꿈뿐이에요!"

엘리자는 대답했다. 실제로 엘리자의 머릿속은 온통 그 생각뿐이었다. 간절한 마음으로 신에게 도움을 요청했으며 심지어 잠을 잘 때조차 기도를 멈추지 않았다. 꿈속에서 엘리자는 하늘 높이 날아올라 구름 속 신기루의 성으로 들어갔다. 눈부시게 아름다운 요정이 나와 그녀를 맞았다. 그런데 요정은 숲 속에서 엘리자에게 딸기를 나누어 주며 황금 왕관을 쓴 백조들에 대해서 알려 주던 그 노파와 매우 닮은 모습이었다.

요정이 입을 열었다.

"오빠들의 마법을 풀어 줄 방법이 있답니다. 하지만 그러려면 무척 큰 용기와 인내심이 필요해요. 당신의 손바닥보다도 연한 바닷물이 단단한 돌의 모양을 바꿀 수 있는 건 맞아요. 하지만 물은 당신의 손바닥과 달리 고통을 느끼지 않는답니다. 물은 심장이 없고 공포나 아픔이 뭔지도 몰라요. 하지만 당신은 그렇지 않잖아요. 내가 손에 들고 있는 이 쐐기풀이 보이나요? 당신이 자고 있는 동굴 주변에서 많이 자라는 풀이에요. 동굴 주변의 이 쐐기풀과 교회 묘지에서 자라는 쐐기풀만이 당신의 소망을 들어줄 수 있습니다. 닿기만 해도 손에 물집이 생기고 불에 덴 듯이 아프지만 그래도 쐐기풀을 꺾어야 해요. 풀을 발로 밟아 짓이겨서 실을 엮으세요. 그 실로 소매가 긴 갑옷을 열한 벌 짜야 합니다. 갑옷이 완성되면 백조들에게 던져 주세요. 그러면 마법이 풀린답니다. 하지만 절대로 잊지 말아야 할 것이 있어요. 작업을 시작하는 그 순간부터 완전히 마치는 순간까지, 몇 년이 걸린다 할지라도 한마디 말도 해서는 안 된다는 겁니다. 당신의 입에서 나오는 첫 번째 단어가 그대로 비수가 되어 오빠들의 가슴을 찌를 테니까요. 명심하세요. 당신의 혓바닥에 오빠들의 생명이 달려 있다는 것을!"

말을 마치면서 요정은 손에 든 쐐기풀로 엘리자의 손등을 가볍게 스쳤다. 엘리자는 불에 덴 듯한 크나큰 아픔에 펄쩍 놀라 잠에서 깨어났다. 날은 이미 환하게 밝아 있었다. 그런데 그녀기 잠든 곳 바로 곁에는, 방금 꿈속에서 보았던 것과 똑같은 쐐기풀이 한 다발 놓여 있는 것이 아닌가. 엘리자는 일어나 무릎을 꿇고 감사의 기도를 올렸다. 그리고 동굴 밖으로 나와 지체하지 않고 바로 일을 시작했다.

연약하고 고운 두 손으로 거친 쐐기풀을 꺾자 상상을 초월할 정도로 쓰라린 아픔이 느껴졌다. 그녀의 양손과 팔에는 금세 커다랗게 물집이 생겼다. 하지만 오빠들을 구할 수만 있다면 엘리자는 어떤 극심한 고통이라도 즐거운 마음으로 감내할 수 있었다. 결국 그녀는 맨발로 쐐기풀을 밟아 짓이겨서 초록색 실을 얻어 냈다.

해가 진 후 돌아온 오빠들은 엘리자가 벙어리가 되었음을 발견하고는 소스라치게 놀랐다. 처음에는 못된 계모가 엘리자에게 마법을 걸었다고 생각했다. 하지만 상처투성이인 엘리자의 손을 보고는, 누이동생이 자신들을 위해서 고통을 겪고 있음을 알아차렸다. 막내 오빠는 엘리자의 손을 잡고 눈물을 흘렸다. 그러자 그의 눈물방울이 떨어진 자리는 놀랍게도 물집이 아물면서 고통도 씻은 듯이 사라지는 것이었다.

엘리자는 밤새도록 옷을 짰다. 오빠들의 마법을 풀어 주기 전까지는 쉬지 않을 생각이었다. 다음 날 날이 밝고 백조들이 날아가 버린 다음에도 엘리자는 앉은 자리를 떠나지 않았다. 홀로 있었지만 외로움을 느낄 여유조차 없었다. 시간은 쏜살같이 흘렀다. 어느새 갑옷 한 벌이 완성되었고, 쉴 틈도 없이 엘리자는 두 번째 옷을 짜기 시작했다.

그때 산 어딘가에서 뿔 나팔 소리가 들려왔다. 엘리자는 겁이 나고 불안해졌다. 나팔 소리는 점점 가까워졌고 개 짖는 소리도 함께 들렸다. 깜짝 놀란 엘리자는 얼른 동굴 속으로 몸을 피해 꺾어 놓은 쐐기풀을 다발로 묶은 다음 그 위에 올라앉았다.

갑자기 커다란 개 한 마리가 수풀 속에서 불쑥 튀어나오더니, 뒤를 이어서 또 다른 개들이 나타났다. 개들은 동굴 앞에서 크게 짖어 대다가 되돌아갔고, 잠시 후 다시 나타나 짖었다. 그러다 얼마 후에는 사냥꾼들이 동굴 앞으로 몰려들었다. 그중에서도 가장 늠름하고 잘생긴 사냥꾼이 있었는데, 그는 이 나라의 젊은 왕이었다. 왕은 엘리자를 향해서 다가왔다. 엘리자는 그가 만났던 그 어떤 여인보다도 아름다웠다.

"참으로 사랑스러운 소녀로구나. 너는 어디서 왔느냐?"

왕이 물었으나 엘리자는 고개만 저을 뿐이었다. 엘리자는 한마디 말도 입 밖에 낼 수가 없었다. 그녀의 입에서 나오는 첫 번째 단어가 그대로 비수가 되어 오빠들의 가슴을 찌를 것이기 때문이다. 엘리자는 왕이 자신의 상처 입은 손을 보지 못하도록 두 손을 앞치마 아래로 숨겼다.

"나와 함께 가자. 여긴 너처럼 아리따운 소녀가 있을 곳이 아니야. 네가 외모만큼 마음도 아름답다면, 비단과 벨벳 드레스를 입히고 머리에는 황금관을 씌워 주겠다. 그리고 화려한 궁전에서 부귀영화를 누리며 살게 해 주겠다!"

왕은 이렇게 말하면서 엘리자를 말에 태웠다. 엘리자는 울면서 손을 내저었지만 왕은 그녀를 놓아주지 않았다.

"나와 함께 가면 행복해질 것이다. 나중에는 분명 나에게 감사하게 될 거야!"

왕은 엘리자를 앞에 태우고 빠르게 말을 몰아 산을 빠져나왔다. 사

냥꾼들의 무리가 그 뒤를 따랐다.

해 질 무렵, 그들은 왕의 궁전이 있는 도시에 도착했다. 교회와 커다란 둥근 지붕 건물들이 즐비한 화려한 도시였다. 왕은 엘리자를 궁전으로 데려갔다. 높은 대리석 기둥이 늘어선 궁전 홀에서는 거대한 분수대가 물을 뿜었고, 사방의 벽과 천장에는 아름다운 그림이 그려져 있었다. 하지만 엘리자의 눈에는 아무것도 들어오지 않았다. 슬픔에 빠진 엘리자의 눈에서는 눈물만이 흘러내렸다. 넋을 놓고 멍하게 있는 엘리자에게 시녀들이 다가와 화려한 비단옷을 입힌 다음 머리에 진주 장식을 꽂고 물집투성이 손에는 고운 장갑을 끼워 주었다.

화려하게 치장한 엘리자는 눈이 부실 정도로 아름다웠다. 신하들은 감히 그 앞에서 허리를 펴지도 못했다. 왕은 엘리자를 왕비로 맞이한다고 발표했으나 대주교는 반대하고 나섰다. 숲에서 데려온 그 어여쁜 소녀는 분명 마녀일 거라고, 마녀가 사람들의 눈을 멀게 하고 왕의 정신을 홀린 것이니 결혼해선 안 된다고 말했다.

하지만 왕은 마음을 바꾸지 않은 채 연회를 열었다. 아름다운 음악이 흐르고 맛있는 음식이 가득했으며 사랑스러운 소녀들이 춤을 추었다. 왕은 엘리자의 손을 잡고 향기 가득한 정원을 지나 연회가 열리는 홀을 향했다. 그러나 엘리자의 입술에는 조금의 미소도 떠오르지 않았고 눈빛에는 한 줄기의 기쁨도 보이지 않았다. 그녀의 얼굴은 오직 무한한 슬픔과 고통만을 나타내고 있었다. 마침내 왕은 엘리자만을 위해 마련한 작은 방을 보여 주었다. 엘리자가 있던 동굴을 본뜬 그곳에는 온통 값진 것들로 장식된 초록색 양탄자가 깔려 있었다. 뿐만 아니라 엘리자가 쐐기풀에서 뽑은 실이 바닥에 놓여 있었고 벽에는 이미 완성한 한 벌의 쐐기풀 갑옷까지 걸려 있지 않은가. 사냥꾼 중 하나가 이것들을 신기하게 여겨 동굴에서 챙겨 왔던 것이다.

"너의 옛집과 똑같이 꾸며 놓았으니 이 방에서 네가 예전에 하던 일을 하면서 시간을 보낼 수 있을 것이다. 화려한 궁전 생활을 하면서 이런 추억에 잠기는 것도 재미있을 거야."

소중한 물건을 발견한 순간 무척이나 기쁜 나머지 엘리자의 얼굴에는 미소가 떠올랐고 뺨에는 홍조가 돌았다. 오빠들을 마법에서 구할 생각에 감사한 마음이 든 엘리자는 왕의 손에 입을 맞추었다. 왕은 사랑스러운 그녀를 품에 안았다. 온 나라의 교회 종이 모두 울리며 결혼식을 알렸다. 숲에서 온 벙어리 소녀는 이제 이 나라의 왕비가 될 것이다.

대주교는 다시 왕의 귀에 엘리자가 마녀라고 사악한 험담을 늘어놓았다. 하지만 왕의 마음을 돌리지는 못했다. 결혼식은 예정대로 열렸고 대주교는 손수 엘리자의 머리에 왕관을 씌워 주어야만 했다. 앙심을 품은 대주교는 일부러 작은 왕관으로 엘리자의 이마를 아프게 꾹 눌렀다. 하지만 그녀의 가슴은 오빠들에 대한 걱정으로 더욱 아팠기 때문에, 작은 왕관 따위는 아무런 고통도 주지 못했다. 그녀는 입을 꾹 다물고 아무 소리도 내지 않았다. 한마디의 신음 소리라도 입 밖으로 새어 나간다면 오빠들이 죽게 될 터였다. 엘리자의 눈동자는 자신을 기쁘게 하기 위해서 무엇이든지 다 해 주는 선량하고 잘생긴 왕에 대한 사랑의 빛으로 넘쳤다. 엘리자는 왕을 진심으로 좋아했고, 날이 갈수록 그 사랑은 깊어만 갔다. 왕에게 모든 사정을 털어놓을 수만 있다면, 자신의 아픈 마음에 대해서 이야기할 수만 있다면! 하지만 쐐기풀 갑옷을 모두 완성할 때까지 그녀는 한마디도 해서는 안 되었다. 밤이 되면 엘리자는 왕의 침상에서 살그머니 빠져나와 동굴처럼 꾸며진 그녀만의 작은 방으로 가서 쐐기풀 옷 짜기를 계속했다. 그런데 일곱 벌째 옷을 짜기 시작할 무렵, 뽑아 놓은 쐐기풀 실이 다 떨어지고 말았다.

필요한 쐐기풀은 교회 묘지에서 자라고 있으니 엘리자가 직접 가서 쐐기풀을 구해 와야만 했다. 하지만 어떻게 그곳으로 간단 말인가!

'마음의 고통에 비하면 손가락의 아픔쯤이야 아무것도 아니야. 그러니 견뎌 내야만 해. 하늘은 날 버리지 않을 거야!'

달 밝은 밤, 마치 나쁜 짓이라도 벌이는 사람처럼 엘리자는 두려움에 떨면서 정원을 나왔다. 길고 한적한 거리를 지나 교회 묘지로 갔다. 묘지의 널따란 묘석 위에는 끔찍한 귀신들과 징그러운 마녀들이 무리를 지어 앉아 있었다. 마녀들은 목욕이라도 하려는 것처럼 누더기 옷을 벗어 던지더니, 비쩍 마른 기다란 손가락으로 갓 생긴 무덤들을 파헤치고 시체를 꺼내서 살점을 뜯어 먹었다. 엘리자는 그들 곁을 지나가야만 했다. 마녀들이 음침한 시선으로 엘리자를 노려보았지만 엘리자는 마음속으로 기도문을 외우며 따가운 쐐기풀을 뜯어 궁전으로 돌아왔다.

그런데 이 광경을 지켜본 사람이 있었다. 모든 사람들이 잠든 시간에 홀로 깨어 있었던 그는 다름 아닌 대주교였다. 이제 대주교는 자신의 추측이 맞았다고 확신하게 되었다. 왕비로서는 도저히 할 수 없는 일을 한 그녀는 마녀가 분명하다고, 그래서 왕뿐 아니라 백성 전체를 홀릴 수 있었던 것이라고 말이다.

고해실에서 대주교는 왕에게 자신이 본 것을 일러바쳤다. 그러면서 엘리자가 마녀임이 분명해 걱정스럽다고 말했다. 대주교의 입에서 무서운 말들이 튀어나오자 고해실에 있던 성인 조각상들이 일제히 고개를 저었다. 마치 그건 틀린 생각이라고, 엘리자는 죄가 없다고 말하려는 듯했다. 하지만 대주교는 그것을 정반대로 해석하여, 엘리자의 죄가 얼마나 끔찍하면 성인들조차 고개를 내젓지 않느냐고 왕에게 말했다. 왕의 눈에서 흘러내린 눈물이 뺨을 적셨다. 가슴에 깊은 근심을 안고 궁전으로 돌아온 왕은 밤이 되어서도

자는 척을 할 뿐 잠을 이룰 수 없었다. 엘리자가 몰래 침대에서 일어나 방을 나가는 것을 알아차렸기 때문이다. 매일 밤 같은 일이 반복되었다. 왕은 매번 그녀의 뒤를 몰래 따라갔고, 엘리자가 항상 자신만의 작은 방으로 들어가 버리는 것을 보았다.

날이 갈수록 왕의 표정은 점점 어두워졌다. 엘리자도 그것을 눈치챘지만 이유는 전혀 짐작하지 못했으므로 불안하고 겁이 났다. 거기다 더해서, 그녀의 가슴은 오빠들 걱정으로 터질 것만 같았다. 붉은 벨벳 옷 위로 흐른 그녀의 뜨거운 눈물은 마치 커다란 다이아몬드처럼 번쩍거렸다. 그러면 그것을 본 사람들은 왕비의 호사스러운 차림을 부러워하며 모두 그녀처럼 되고 싶어 했다. 그러는 사이 옷이 거의 다 완성되었다. 이제 한 벌만 더 만들면 끝이었다. 그러나 실이 또 떨어지고 말았다. 쐐기풀이 하나도 남지 않았다. 한 번만 더 교회 묘지로 가서 쐐기풀을 한 줌 꺾어 오면 되었다. 밤중에 홀로 묘지로 가는 것이 두려웠고 묘지의 귀신들도 정말 무서웠지만 오빠들을 위하는 그녀의 의지는 신에 대한 믿음만큼이나 확고했다.

엘리자는 다시 묘지로 갔다. 그러나 이번에는 왕과 대주교가 그녀의 뒤를 밟고 있었다. 그들은 엘리자가 교회 묘지의 창살문 사이로 사라지는 것을 목격했다. 묘지 가까이에 다가섰을 때는 묘석 위에 앉아 있는 귀신들과 마녀들도 보았다. 왕은 차마 볼 수가 없어서 얼굴을 돌리고 말았다. 그날 저녁만 해도 자신의 가슴에 머리를 묻

고 있던 엘리자가 저기 앉아 있는 마녀들 가운데 한 명이라고 믿어
버렸기 때문이다.

"백성들이 마녀를 심판하게 하라!"

분노한 왕이 명령을 내렸다. 그리고 백성들은 마녀를 화형에 처
해야 한다고 판결했다.

엘리자는 화려한 궁전에서 쫓겨나 차갑고 어두운 감옥으로 끌
려갔다. 쇠창살 사이로 매서운 칼바람이 사정없이 들이쳤다. 사람
들은 벨벳과 비단옷 대신에 엘리자가 모아 놓은 쐐기풀 다발과 쐐
기풀 옷을 감옥에 던져 넣었다. 쐐기풀을 베고 덮으며 잠을 자라는
뜻이었다. 하지만 엘리자에게 그보다 반가운 물건이 어디 있단 말
인가. 감옥에서도 그녀는 기도를 멈추지 않았고 계속해서 옷을 지
었다. 바깥 거리에서는 아이들이 엘리자를 조롱하는 노래를 부르
고 다녔다. 그 누구도 다정한 말로 그녀를 위로해 주지 않았다.

저녁 무렵, 쇠창살 가까이에서 백조의 날갯짓 소리가 들렸다. 막
내 오빠였다. 막내 오빠가 드디어 엘리자를 찾아낸 것이다. 어쩌면
오늘 밤이 그녀가 살아 있는 마지막 날이 될 수도 있지만 그래도 오
빠를 만난 기쁨이 컸던 엘리자는 흐느껴 울었다. 열한 벌의 옷이 거
의 다 완성되었고, 오빠들도 만났기 때문이다.

대주교가 감옥으로 엘리자를 찾아왔다. 왕과 약속한 대로 그녀
에게 마지막 참회의 시간을 주려는 것이었다. 그러나 엘리자는 고

개를 저었다. 그리고 눈빛과 표정으로 대주교에게 혼자 있게 해 달라고 부탁했다. 그날 밤 안으로 마지막 옷을 완성해야만 했기 때문이다. 그러지 않으면 지금까지의 고통이 모두 허망해질 터였다. 고통과 눈물, 그리고 하염없이 지새운 모든 밤들이. 대주교는 참회를 거부하는 엘리자에게 저주를 퍼부으면서 사라졌다. 그러나 엘리자는 알고 있었다. 자신은 아무 죄가 없음을. 그래서 계속해서 일을 했다.

감옥의 작은 생쥐들이 발치로 쐐기풀을 물어다 주며 엘리자를 도왔다. 개똥지빠귀들은 엘리자가 용기를 잃지 않고 기운 내서 일하도록 쇠창살 사이에서 밤새도록 노래를 불렀다.

사방이 어슴푸레한 새벽, 날이 밝기까지 한 시간 정도가 남았다. 열한 명의 오빠들은 궁전 문 앞에 찾아와서 왕을 만나게 해 달라고 요청했다. 하지만 그럴 수 없다는 대답이 돌아왔다. 아직 아침이 되지 않아서 잠들어 있는 왕을 깨울 수 없었기 때문이다. 오빠들은 끈질기게 간청하고 심지어는 문지기를 위협하기까지 했다. 소동이 길어지자 호위병들이 왔고, 마침내는 잠이 깬 왕도 밖으로 나와서 무슨 일이냐고 물었다. 바로 그 순간 태양이 떠올랐다. 궁전 앞에 있던 열한 명의 왕자들은 사라지고, 그 대신 궁전 지붕 위에서 열한 마리의 백조들이 날고 있었다.

마녀의 화형식을 구경하러 쏟아져 나온 백성들이 성문 앞까지 밀려들었다. 엘리자는 비쩍 마른 말이 끄는 초라한 수레에 실려 화형장으로 향했다. 포대 자루 같은 거친 삼베옷 차림에 곱고 긴 머리가 아름다운 얼굴 위로 마구 헝클어졌으며 뺨은 시체처럼 창백했다. 입술이 가볍게 떨리고 있는데도 엘리자의 손가락은 옷 짜는 일을 멈추지 않았다. 사형장으로 가는 길에서도 그녀는 일을 그만둘 수가 없었던 것이다. 이미 완성된 열 벌의 쐐기풀 갑옷은 그녀의 발치에 놓여 있었고 이제 마지막 열한 벌째 옷도 거의 완성한 상태였다. 군중은 그런 엘리자를 비웃었다.

"저 마녀, 꼴 좀 봐. 입으로는 무슨 주문을 웅얼거리는지! 손에 들고 있는 게 기도서일 리가 없지. 무슨 요술을 부리는 물건인지 모르니 빼앗아야 해! 빼앗아서 찢어발겨 버리자고!"

그러면서 군중은 엘리자에게 달려들어 그녀의 손에서 쐐기풀 옷을 빼앗으려고 했다. 그런데 그 순간 하늘에서 열한 마리의 백조들이 엘리자를 빙 둘러싸며 수레 위로 내려앉아 커다란 날개를 퍼덕이는 것이었다. 그러자 군중은 겁에 질려 뒤로 물러났다.

"이건 하늘의 계시야! 왕비는 죄가 없는 것이 분명해!"

여기저기서 사람들이 이렇게 수군거렸다. 그러나 감히 큰 소리로 나서는 자는 아무도 없었다.

사형 집행관이 엘리자를 수레에서 끌어 내렸다. 마지막 순간이 왔다. 엘리자는 열한 벌의 쐐기풀 갑옷을 백조들을 향해 힘껏 던졌

다. 그러자 순식간에 열한 마리의 백조들은 준수한 외모의 왕자들로 변했다. 단지 막내 왕자만이 한쪽 팔 대신에 여전히 백조의 날개 하나를 달고 있을 뿐이었다. 엘리자가 미처 완성하지 못해 그의 쐐기풀 갑옷에는 한쪽 팔이 없었던 것이다.

"이제 나는 말할 수 있어요. 난 마녀가 아닙니다!"

엘리자가 외쳤다.

이 모습을 본 군중은 마치 성자를 대하듯 모두 엘리자에게 허리를 굽혔다. 그러나 엘리자는 정신을 잃고 오빠들의 품으로 쓰러지고 말았다. 그동안의 긴장과 고통, 두려움이 너무도 컸던 탓이었다.

"그래요, 누이동생은 마녀가 아닙니다!"

큰오빠가 말했다. 그리고 그간의 사정을 상세히 설명했다. 큰오빠가 말을 하고 있는 동안에 수백만 송이 장미의 향기가 온 대기에 그윽하게 퍼져 나갔다. 화형대에 쌓아 두었던 장작개비들이 일제히 뿌리를 내리고 가지를 높이 뻗어 향기로운 장미꽃들을 가득 피워 낸 것이다. 그중에서도 가장 높은 가지에 핀 커다란 하얀색 장미는 별처럼 눈부시고 아름다웠다. 왕은 그 꽃을 꺾어서 엘리자의 가슴에 올려 주었다. 그러자 평화로운 행복을 가득 느낀 그녀가 정신을 차렸다.

종을 치는 사람이 없는데도 모든 교회의 종들이 저절로 울렸다. 새들이 무리를 지어 날아왔다. 그렇게 결혼식의 행렬이 궁전을 향했다. 그 어떤 왕의 결혼식보다도 장엄하고 감동적인 결혼식이었다.

261.

8

아름다워라!

Deilig!

알프레드리는 조각가가 있었다. 그 이름을 들어 보았는지? 그는 유명하니 모르는 사람이 없을 것이다. 일찍이 미술학교를 졸업하면서는 우등상으로 금메달을 받았고, 이탈리아까지 여행한 후 돌아왔다. 젊은 시절의 일이긴 하지만 지금도 그는 여전히 젊다고 할 수 있다. 물론 당시보다 열 살이나 더 나이 들기는 했지만.

고향에 돌아온 그는 셀란 섬의 작은 도시를 방문했다. 도시 사람들 모두가 그의 이름을 들어 알고 있었다. 도시의 가장 부유한 집안이 그를 위해서 파티를 열었고 내로라하는 인사들을 전부 초대했다. 그 파티는 크게 떠들며 알리지 않았는데도 도시 전체에 대단한 화젯거리가 되었다. 수습생 소년들, 가난한 집안의 아이들뿐만 아니라 몇몇 어른들까지도 그 집 앞에 서서 가린 커튼 사이로 새어 나오는 환한 불빛을 올려다보았다. 하도 많은 사람들이 집 주변으로 몰려들었으므로, 마치 그 집의 문지기가 거리 파티를 주최하고 있는 것 같았다. 흥겨운 분위기였다. 물론 집 안에도 흥겨움이 넘쳤다. 조각가 알프레드가 방문했기 때문이다.

알프레드는 많은 이야기를 했고 사람들은 기쁨과 경건함으로 그의 말에 귀 기울였다. 하지만 그중에서도 관리인이던 남편이 죽어 과부가 된 한 나이 든 여인만큼 열렬한 청취자는 없었다. 그녀는 아무것도 적히지 않은 회색빛 흡수지처럼 알프레드가 하는 모든 말을 그 자리에서 즉시 빨아들였으며, 매번 더 많이 그리고 더 자세히 이야기해 달라고 청하곤 했다. 그녀는 놀랄 만큼 쉽게 감동을 받는 데다가 믿을 수 없는 지경으로 무식하기까지 했다. 마치 여자 카스파어 하우저* 같았다.

"로마에 한번 가 보고 싶어요! 외국인들이 많이 찾아오는, 정말로 아름다운 도시일 것 같네요. 로마에 대해서 자세히 묘사를 좀 해 주세요. 처음에 성문을 들어서면 어떤 풍경이 나타나나요?"

그녀가 물었다.

"로마를 한마디로 묘사하기란 쉬운 일이 아닙니다, 부인. 일단 큰 광장이 있어요. 광장 한가운데에는 4천 년이나 된 오벨리스크가

---

* Kaspar Hauser, 19세기 초반 독일에서 발견된 정체불명의 고아.

서 있죠."

젊은 조각가가 대답했다.

"오르간 연주자가 서 있다고요?"

과부는 이렇게 되물었다. 그녀는 아직 한 번도 오벨리스크란 단어를 들어 보지 못했던 것이다. 사람들은 터져 나오는 웃음을 억눌러야만 했다. 조각가도 마찬가지였다. 하지만 조각가의 얼굴에 떠오르던 웃음기는 곧 사라지고 말았다. 떠들어 대는 과부의 곁에서 깊은 바다처럼 푸르고 고요하게 빛나는 두 눈동자를 발견했기 때문이다. 그녀는 과부의 딸이었다. 저런 딸을 둔 사람이 어떻게 아둔할 수가 있겠는가. 어머니는 끊임없이 질문을 쏟아 내는 샘이었고, 그 딸은 샘의 요정이었다. 아, 얼마나 아름다운 요정인지! 조각가의 시선은 과부의 딸에게서 떨어질 줄을 몰랐다. 하지만 말은 한마디도 붙이지 않았다. 그녀도 말이 없었다. 원래 말수가 아주 적은 편인 듯했다.

그녀의 어머니가 다시 물었다.

"교황은 가족이 많은가요?"

젊은 조각가는 그것이 매우 의미 있는 질문인 양 정성 들여 대답했다.

"아닙니다. 그분은 대가족 출신이 아니에요."

"아니, 내 말은 그게 아니고요. 교황도 아내와 아이들이 있나요?"

"교황은 결혼을 하지 않아요."

"그건 마음에 안 드네요."

'정말 한심한 질문이야. 왜 좀 더 나은 말은 할 줄 모르는 걸까.'

조각가는 속으로 생각했다. 하지만 과부가 이런 질문이라도 계속하지 않는다면, 그 딸이 과연 여기 이 자리에 머물러 있었을까? 어머니의 어깨에 기댄 채, 입가에는 가슴을 두근거리게 하는 미소를 띠고서 말이다.

알프레드는 이탈리아의 화려한 색채에 대해서, 푸른 산들과 푸른 지중해, 남쪽 나라 특유의 푸른 풍경과 푸른 아름다움에 대해서 이야기했다. 이곳 북쪽에서 그런 아름다움에 비견할 것은 오직 북구 여인들의 푸른 눈동자밖에 없을 것이라고도 덧붙였다. 물론 이 말은 과부의 딸을 은근히 암시한 것이지만, 정작 그녀 자신은 아무것도 눈치채지 못하는 척하고 있었다. 하지만 그런 모습까지도 조각가에게는 무척이나 아리따워 보였다!

"이탈리아!"

몇몇 사람들이 한숨을 내쉬었다.

"여행이라니!"

다른 사람들도 덩달아 한숨을 쉬었다.

"얼마나 좋을까! 얼마나 좋을까!"

"그래요. 만약 내가 복권에 당첨되어 큰돈을 타게 된다면, 나는 당장 내 딸과 함께 여행을 떠날 거예요. 그리고 알프레드 선생님, 당신도 함께 가요. 셋이서요. 그리고 친한 친구들 몇 명도 같이 가고요!"

과부는 거기 있는 사람들 모두에게 고개를 끄덕이면서 명랑한 어조로 말했다. 그래서 그들은 모두 당연히 자신이 그 '친한 친구'에 속한다고 믿었다.

"여행은 이탈리아로 가요! 그런데 강도들이 없는 곳이면 좋겠어요. 로마 시내나 안전한 큰 도로로만 다녀요."

그러자 과부의 딸이 가느다랗게 한숨을 쉬었다. 그 작은 한숨 속에 얼마나 많은 의미가 들어 있는지! 얼마나 많은 의미를 부여할 수 있는지! 젊은 조각가는 그 한숨에서 참으로 많은 것을 읽어 냈다고 믿었다. 그를 사로잡았던 푸른 눈동자에는 로마의 영광보다 더욱 찬란한 영혼과 정신의 보물이 숨겨져 있었다. 그날 밤 그는 파티장을 나섰지만, 그의 마음은 이미 그녀에게로 향하고 있었다.

조각가 알프레드는 과부의 집을 드나들기 시작했다. 그는 주로 과부와 대화를 나누다가 오곤 했지만, 그래도 그 집을 찾는 진짜 이유가 그 때문이 아니라는 것을 사람들은 곧 눈치챘다. 그녀의 딸을 보기 위해서 과부의 집을 드나든 것이다. 딸의 이름은 카렌 말레네였는데 사람들은 줄여서 칼라라고 불렀다. 그녀는 아름다웠으나, 사람들 말에 의하면 조금 게으르고 잠꾸러기라고 했다. 아침에 늦은 시간까지 침대에서 일어나지 않는다는 것이다.

"그 애는 어릴 때부터 잠이 많았어요. 원래 예쁜 애들은 금방 피곤해하는 법이니까. 잠을 좀 많이 자는 건 사실이지만 그 덕분에 눈동자가 맑잖아요."

그녀의 어머니는 말하곤 했다.

'바다처럼 푸르고 맑은 그 눈동자의 힘이 얼마나 강력한지! 깊고도 깊은 심연을 가졌기에 더욱 고요한 물이로구나!'

젊은 조각가는 그렇게 느꼈다. 그는 그 깊은 심연 속으로 빠져들어갔다. 과부의 집에서 그는 참으로 많은 이야기를 했고, 과부는 그들이 처음 만난 날처럼 끊임없는 호기심으로 지치는 법도 없이 줄기차게 질문을 퍼부었다.

알프레드의 이야기를 듣는 일은 흥미진진하고 즐거웠다. 그는 나폴리에 대해, 베수비오 산 등반에 대해 설명하면서 화산 폭발을 그린 총천연색 그림 몇 장을 보여 주기도 했다.

"어머나, 세상에! 산이 불을 뿜고 있네요! 이러면 다치는 사람이 생기지 않을까요?"

과부는 폭발의 위력을 보고 충격을 받았다.

"다치는 정도가 아니라 도시 전체가 멸망해 버리기도 합니다. 폼페이나 헤르쿨라네움처럼요."

조각가는 대답했다.

"아유, 불쌍해라! 이 그림의 장면들을 당신이 직접 보았나요?"

"아닙니다. 이 그림에 나온 폭발은 보지 못했어요. 하지만 내가 직접 목격한 화산 폭발을 그림으로 보여 드리지요."

그는 연필로 그린 스케치 몇 장을 꺼내 놓았다. 과부는 조금 전에 보았던 강렬한 색채의 그림에 푹 빠져 있던 참이라, 아무런 색이 없는 연필 스케치를 보고는 놀라서 외쳤다.

"신기해라! 이 화산은 흰색으로 불을 토한단 말인가요?"

그 순간 조각가 알프레드는 그나마 있던 과부에 대한 일말의 존경심조차 싹 사라지는 것을 느꼈다. 하지만 그것도 잠시, 칼라의 아름다움을 떠올린 그는 아무래도 그녀의 어머니가 색채감각이 부족해서 그런 것뿐이라고 스스로를 위로했다. 색채감각이 좀 없다고 뭐가 대수겠는가. 과부에게는 최고의 것이 있는데. 바로 세상에서 가장 아름다운 딸 칼라 말이다.

알프레드는 칼라와 약혼했다. 당연한 결과였다. 그들의 약혼 소식은 지방신문에 실렸다. 칼라의 어머니는 신문을 서른 부 사서 약혼 기사를 오려 내어 친구들과 친척들에게 보내는 편지에 동봉했다. 약혼한 젊은 남녀는 행복했다. 약혼녀의 어머니도 행복했다. 어떤 의미에서 그녀는 덴마크의 유명 조각가였던 토르발센*과 친척

---

* 베르텔 토르발센(Bertel Thorvaldsen, 1770~1844). 실존했던 덴마크 신고전주의 조각가.

이 된 셈이다.

"당신은 토르발센의 후계자이니까요!"

과부가 말했다.

그 말을 들은 알프레드는 과부가 그래도 기본 소양은 풍부하다고 생각했다. 칼라는 아무 말도 하지 않았다. 하지만 그녀의 눈동자는 빛났으며 입가에는 사랑스러운 미소가 감돌았다. 그녀의 몸놀림 하나하나가 전부 아름답기 그지없었다. 그녀는 아름다웠다. 아무리 말해도 결코 지나치지 않는 아름다움이었다.

알프레드는 칼라와 과부의 흉상을 만들었다. 그들은 알프레드 옆에 나란히 앉아서, 그가 부드러운 점토를 매끄럽게 다듬고 형체를 잡는 것을 지켜보았다.

"우리 때문에 당신이 그 더러운 걸 하인들에게 주무르게 하지 않고 손수 만지는군요!"

칼라의 어머니가 안타까운 듯 말했다.

"점토를 만지는 것이 바로 내가 하는 일인걸요!"

알프레드가 대답했다.

"정말로 예의 바르게 말씀하시네!"

과부는 감탄했고 칼라는 아무 말 없이 점토로 범벅이 된 그의 손을 꼭 잡았다.

알프레드는 두 여자에게 작품으로 형상화되는 자연의 경이로움에 대해 설파했다. 죽은 것을 압도하는 생명의 경이로움, 광물을 압도하는 식물의 경이로움, 식물을 압도하는 동물의 경이로움, 그리고 동물을 압도하는 인간의 경이로움까지도. 정신의 에너지와 아름다움은 형체를 통해서 자신을 드러내는데, 조각가는 그것을 포착하고 작품으로 만들어 지상의 존재들에게 천상의 경이로움을 부여하는 자라고.

그가 예술에 대해 열변을 토하는 동안, 칼라는 그의 말을 음미하면서 가만히 듣기만 했다. 하지만 칼라의 어머니는 이렇게 털어놓았다.

"그건 내가 이해하기에는 너무 어려워요! 열심히 따라가 보려고 하지만 솔직히 어지럽기도 하고요. 정신을 차리고 생각을 붙잡아 놓는 것만으로도 힘이 들어요."

그를 붙잡고 있는 것은 아름다움이었다. 아름다움은 그를 가득 채우고 있었으며, 그를 매료시켰고 그를 장악했다. 아름다움은 칼라의 몸 전체에서 뿜어져 나왔다. 그녀의 눈길, 그녀의 입매, 심지어는 손가락의 움직임까지도 칼라는 아름다움 자체였다. 알프레드는 그것을 말로 전부 표현했다. 조각가인 그는 이제 어느 정도 그들의 관계를 이해할 수 있었다. 그는 항상 칼라에 대해서만 이야기했고, 칼라만 생각했다. 그런데 그들은 이제 하나가 되었으므로, 그가 많이 이야기하는 것은 결국 칼라가 많은 이야기를 하는 것이나 마찬가지였다.

그렇게 약혼 기간이 끝나고 결혼식이 열렸다. 신부 들러리들과 결혼 축하 선물이 속속 도착하여 결혼식 연설에 좋은 소재가 되었다.

칼라의 어머니는 토르발센의 흉상에 가운을 두르고 그것을 결혼식장의 탁자 가장자리에 세워 두었다. 그도 결혼식 하객의 한 명이라는 것이 그녀의 아이디어였다. 사람들은 노래를 부르고, 모두의 행복을 기원하는 축배를 들었다. 흥겨운 결혼식이었고 보기 좋은 신랑 신부였다. 사람들이 부른 노래 중에는 "피그말리온이 갈라테아를 신부로 맞이하네"라는 가사도 있었다.

"어쩜! 이건 신화적인 결혼식이야!"

칼라의 어머니는 감격에 겨워 말했다.

다음 날 신혼부부는 앞으로 그들이 살게 될 코펜하겐으로 떠났다. 칼라의 어머니도 동행했다. 구질구질한 일을 떠맡아 주기 위해서 자신이 가야 한다는 것이다. 그녀가 말하는 구질구질한 일이란 집안 살림이었다. 칼라는 살림은 알 필요가 없고 그냥 인형처럼 앉아 있기만 하면 된다! 인형의 집에 있는 모든 가구와 살림살이가 반짝반짝하는 새것이었으며 아름답고 근사했다. 그들 세 명이 집안에 앉아 있었는데 그중 알프레드는, '베이컨 속의 생쥐'라는 말에 딱 어울릴 만한 입장이었다.

즉 형체의 마법이 그를 홀렸다. 그는 상자를 보았지만 그 상자

안에 들어 있는 내용물은 보지 못한 것이다. 그런 경솔함은 결혼 생활에 불행을 가져다준다. 그것도 엄청난 불행을. 상자가 망가지고 금박이 떨어져 나가면, 그제야 사람은 자신의 결정을 후회하게 된다. 호화로운 파티에 갔는데 바지 단추 두 개가 몽땅 떨어진 걸 안다면 얼마나 낭패스러운가. 거기다 단추를 대신할 만한 버클도 달려 있지 않다면 말이다. 하지만 그보다 더욱 낭패스러운 일은, 호화로운 파티에 갔는데 아내와 장모가 사람들 앞에서 한심한 말을 자꾸 꺼내는 것이다. 거기다 자신이 그 한심한 대화를 그치게 할 만한 재치 있는 아이디어를 금방 떠올리지 못한다면 말이다.

젊은 부부는 자주 서로의 손을 잡고 이야기를 나누었다. 그가 말을 하면, 그녀가 어쩌다가 단어 하나를 그의 말과 말 사이에 끼워 넣는 것이 대화의 전부였다. 늘 똑같은 음조로, 늘 똑같이 치는 종소리처럼. 그래서 간혹 칼라의 친구인 소피가 방문하는 날이면, 마치 영혼이 신선한 공기를 들이마시는 듯했다.

소피는 조금도 예쁘지 않았다. 그렇다고 무슨 흠이 있는 것도 아니었다. 칼라의 말에 의하면 소피 몸이 약간 휘었다고 하지만, 그건 친한 친구 사이에서나 눈치챌 수 있을 정도로 미약한 수준이었다. 소피는 매우 현명한 처녀였지만, 그럼에도 자신이 이 집에서 위험한 존재가 될 거라고는 상상도 하지 못했다. 소피가 오면 인형의 집과 같은 이곳에 신선함이 넘쳤다. 사람이 살아가려면 반드시 필요한 그런 신선함 말이다. 자신들에게 신선한 공기가 필요하다는 것을 그들도 잘 알고 있었다. 그래서 젊은 부부와 칼라의 어머니는 함께 이탈리아로 여행을 떠났다.

"아, 드디어 우리 집에 왔구나. 이렇게 기쁠 수가!"

1년 뒤 그들이 집에 돌아왔을 때 칼라와 그녀의 어머니는 매우 기뻐했다.

칼라의 어머니가 투덜거렸다.

"사실 여행은 귀찮기만 해. 게다가 얼마나 지루한지! 미안하네만 이렇게 말해야겠어. 여행하는 내내 난 정말 지루해 혼났지 뭐야. 물론 너희가 함께 있기는 했지만 그래도 하루하루가 지겨웠어. 돈은 또 얼마나 많이 드는지! 모든 게 너무 비싸! 그 많은 미술관은 왜 다 둘러봐야 하는 거야? 여기저기 쫓아다니면서 봐야 하는 게 너무 많아서 힘들었잖아! 그런데 그걸 안 하면 또 안 되는 거니까 문제이지. 집에 돌아오면 사람들이 너도나도 뭐가 좋았느냐고 질문을 퍼부을 테니 말이야. 그러면 이것저것이 좋더라고 대답을 해야만 하니까 어쩔 수 없어. 그렇게 보고 돌아다니느라고 자기 몰골은 살필 겨를도 없고. 솔직히 말하자면 수도 없이 많은 성모마리아들을 보고 다니느라고 지겨워 죽을 뻔했어. 그냥 내가 성모마리아가 되어 버린 기분이었다니깐."

칼라가 맞장구를 쳤다.

"거기다 음식은 또 어떻고요!"

어머니가 다시 말했다.

"제대로 된 고기 수프 맛은 한 번도 보지 못했어! 그 나라 요리는 정말 형편없더라."

칼라에게는 너무 힘든 여행이었다. 그래서 돌아온 후에도 늘 피곤이 가시지 않았고 몸이 아팠다. 소피는 이들을 찾아왔고, 여러 가지로 도움을 주었다.

칼라의 어머니도 소피가 살림도 잘하면서, 소피의 경제적 수준에 비추어 볼 때 접근하기 힘든 수준의 교양까지 갖추었음을 인정했다. 뿐만 아니라 소피는 성품이 훌륭했고 성실했다. 칼라가 병이 들어 점점 여위어 갈 때, 소피는 정성을 다해 진심 어린 간호를 해 주었다.

오직 겉으로 보이는 상자가 전부일 때, 상자는 튼튼하기라도 해야 한다. 한번 망가지면 끝이기 때문이다. 그런데 그 상자가 끝내 부서지고 말았다. 칼라가 죽은 것이다.

"내 딸은 정말로 예뻤어. 고대 미술품 따위와는 비교할 수도 없이 예뻤는데! 고대 미술품들은 다 손상된 것들이지만 칼라는 그렇지 않았어. 내 딸은 진정한 아름다움, 그 자체였다고!"

칼라의 어머니가 외쳤다.

알프레드도 울었다. 칼라의 어머니도 울었다. 둘은 모두 검은 상

복을 입고 다녔다. 어머니에게 검은 상복은 참 잘 어울렸다. 그녀는 홀로 가장 오랫동안 상복 차림으로 다녔다. 그런 그녀에게 슬픔의 이유가 하나 더 늘었다. 알프레드가 보잘것없는 소피와 결혼했기 때문이다.

칼라의 어머니가 불만스럽게 말했다.

"극단에서 극단으로 가는군! 처음에는 가장 아름다운 여자와 결혼하더니 그다음에는 가장 못생긴 여자를 선택하다니. 죽은 아내는 벌써 잊어버린 거야! 남자들의 사랑은 오래가는 법이 없다니깐. 하지만 내 남편은 달랐어. 나보다 일찍 죽어 버리긴 했지만."

알프레드가 말했다.

"'피그말리온이 갈라테이아를 신부로 맞이하네'. 내 첫 결혼식 때 누군가 이런 노래를 불렀지. 그 말 그대로 나는 내가 창조하고 생명을 불어넣은 아름다운 조각상에 푹 빠져 버린 거야. 하지만 하늘이 내려 주는 친밀한 영혼, 감정과 생각을 함께 나누며 지쳐 있을 때 마음을 고양시켜 주는 천사는 이제야 발견하게 되었어! 이제야 나는 그것을 얻은 거야. 소피, 당신은 번쩍이는 아름다움으로 내 눈을 멀게 하지는 않았지만, 참으로 선량하고 충분히 사랑스러워! 그게 중요한 거지. 게다가 당신은 나 같은 조각가에게 소중한 가르침을 주었어. 조각가의 작품은 그냥 점토이며 먼지일 뿐이라는 것, 우리가 찾아 헤매는 내면의 가치를 본떠 만든 모방품일 뿐이라고 말이야! 가엾은 칼라! 그녀와 나는 마치 여행자처럼 함께 살았던 거야. 인간이 서로를 깊이 이해하는 저 위쪽 세상에서조차 우리는 서로에게 낯선 사람으로 남게 되겠지."

소피가 대답했다.

"그다지 친절하게 들리지는 않네요. 그리고 기독교 정신에도 어긋나는 생각이에요! 저 위쪽 세상에서는 결혼의 서약 따위는 없답니다. 대신 당신이 말한 대로 영혼들끼리의 깊은 이해와 교감이 있을 뿐이에요. 그곳에서는 인간이 생각하지 못한 모든 놀랍고 경이로운 일들이 펼쳐질 테니 아마 칼라의 영혼도 강력한 울림을 얻게 될지 몰라요. 그래서 내 영혼을 능가할지도 모르고요. 그러면 당신은 다시 한 번 더, 처음으로 사랑에 빠졌던 바로 그 순간과 같은 강력한 감정에 휩싸여서 외치게 되겠죠. '아름다워라! 아름다워라!' 하고."